蜡笔王国

新十二月之旅

〔日〕福永令三 著

〔日〕三木由记子 绘

李讴琳 译

人民文学出版社

PEOPLE'S LITERATURE PUBLISHING HOUSE

著作权合同登记号　图字 01 - 2023 - 1724

KUREYON OUKOKU SHIN JYUUNIKAGETSU NO TABI

图书在版编目(CIP)数据

新十二月之旅/(日)福永令三著;(日)三木由记子绘;
李讴琳译. —北京:人民文学出版社,2024
(蜡笔王国)
ISBN 978-7-02-018386-9

Ⅰ.①新⋯　Ⅱ.①福⋯　②三⋯　③李⋯　Ⅲ.①童话-
作品集-日本-现代　Ⅳ.①I313.88

中国国家版本馆CIP数据核字(2023)第227212号

责任编辑　李　娜　杨　芹
封面设计　李苗苗

出版发行　人民文学出版社
社　　址　北京市朝内大街166号
邮政编码　100705

印　　制　杭州钱江彩色印务有限公司
经　　销　全国新华书店等

字　　数　113千字
开　　本　787毫米×1092毫米　1/32
印　　张　8.875
版　　次　2024年1月北京第1版
印　　次　2024年1月第1次印刷

书　　号　978-7-02-018386-9
定　　价　42.00元

如有印装质量问题,请与本社图书销售中心调换。电话:010 - 65233595

目 录

莲藕妹

白银王妃　　胡萝卜仔　　快快快茄子　　大个子　　圆白白

芝麻妹　西红柿阿姨　菠菜妹　玉米斯基　葱仔　豆腐爷爷　梅干奶奶

1.
大王和圣诞老人

让我们跨过彩虹桥

温柔的鞋子响起来，响起来

蜡笔王国

蜡笔王国

啊，美好的日子哟

愿持续到永远

远处传来王室乐团演奏的国歌，他们正在排练。

黄金大王站在窗前，隔着树叶掉光的樱花森林，遥望绵延不绝的阿科利纳山脉那些大大小小的三角形山峰，和着音乐轻声哼唱：

> 让我们登上云之峰
>
> 光荣的梦想在呼唤，在呼唤
>
> 蜡笔王国
>
> 蜡笔王国
>
> 啊，熊熊燃烧的生命哟
>
> 愿持续到永远

冬季的天空湛蓝清澈，刚下的雪又给更多的山峦戴上了洁白的帽子。昨天，这座山变白了。今天，那座山峰也变白了。

一年就快结束。因此，王室乐团开始了排练，为新年仪式作准备。

变色龙首相趿拉着拖鞋的脚步声越来越近。

大王离开窗边，走向精雕细刻、装饰着宝石的书桌。

"早上好，陛下。"变色龙首相只说了这一句话，然后把早晨的报纸和许多文件放在书桌一角。

"后来怎么样了？"大王问道。

"唔……"变色龙首相闭上厚厚眼镜片后那双炯炯有神的小眼睛，默不作声。

迎接新年的活动中，有一项叫作"与王妃的三日之旅"，任何国民都可以报名参加。当然，每一年的这位幸运者是通过抽签来确定的。然而今年，报名者的数量显著减少。参与活动的国民越来越少，证明白银王妃的受欢迎程度降低了。

对黄金大王来说，这是一件难以理解的事情。

因为受不了白银王妃任性的行为，大王曾经悄悄离家出走过。这件事恰好已经过去七年了。

当年，白银王妃在优花的陪伴下，经历了十二个月的旅行，改掉了十二个坏习惯，成为一位无可挑剔的出色王妃。原以为王妃理所当然会更受欢迎，可实际上，自第二年达到顶峰后，报名参加"与王妃的三日之旅"的国民数量眼见着不断减少。有报纸指出了原因：和一位过于完美、出色的王妃一起旅行，只会让人感到无聊。还有一家报纸一针见血地写道：有缺点的人招人喜爱，没缺点的人惹人讨厌。

首要问题是，大王自己也觉得，当初那位任性的王妃比现在的王妃光彩夺目、美丽动人无数倍。也就是说，白银王妃从她丢弃十二个任性毛病的那一刻起，就完全变成了另一个人。对于这位过于完美的王妃殿下，大王依然心怀不满，虽然这种不满和以前的不满有不同的含义。

"您和圣诞老人商量商量吧。他很快就要来问候您了。"

变色龙首相看透了大王的心中所想，提出了建议。

"哦，已经到这个时候了呀。"

圣诞老人每年快到圣诞节的时候都会来蜡笔王国，取走他送来清洗的红斗篷和白帽子。因为，他必须身穿这个世界上最美丽的红色和最美丽的白色，才能踏上赠送礼物的旅程。而且，正是这位圣诞老人，将住在古城萨布利纳的米迦勒公爵的独生女——白银·玛格丽特公主介绍给大王的。

"您在晚霞厅见圣诞老人吗?"变色龙首相问。

晚霞厅的地面、墙壁全是用手工打磨过的珊瑚建造，水晶灯上也镶嵌着几千颗红宝石。进入那样一个辉煌的红色世界，普通红衣服的颜色当然会显得寒酸难看。每一年，圣诞老人都会在晚霞厅里，亲眼确认清洗完毕的斗篷红得不逊色于所有东西，然后喜形于色地回家。

"不，这次在夜鸦厅见面吧。"

"啊? 夜鸦厅……"

王宫里有十二间会客厅，白蛇厅、翡翠厅、紫龙厅、桃林厅、晚霞厅、茶洞厅、红鹤厅、沧海厅、黄鱼厅、蓝星厅、绿云厅和夜鸦厅。

夜鸦厅是很少使用的一间会客厅。整个厅室用泛蓝的萤石建成，吊灯也只散发出萤火虫般的青白光芒。夏天的话，这间会客厅会让人凉爽舒适，别有一番情趣，不过现在是年关，太冷了。因为光线昏暗，看不清对方面部的细微表情，所以大王只有在遇到难以启齿的棘手问题时，才使用这个会客厅。

"我和您一起去，如何？"变色龙首相提议道。

"不用了。"

等到独自一人时，大王再次倚靠窗边，眺望遥远的群山，然后喃喃自语："我太独断专行了，非要王妃改掉她任性的毛病。可等她改完，我又不满意了。这样太独断专行。错的是我。可是，我该怎么办呢？为什么王妃变得出色，我的喜悦并没有丝毫增加？这是我的真实想法。这到底是做错了什么？"

大王想起了圣诞老人第一次带着王妃出现在王宫里的情景。

"国王，我终于把这世界上最麻烦的米迦勒·白银·玛格丽特公主带来了。我在全世界奔波这么久，了解所有职业，可是找不到适合这位公主做的事。因此，我坚信，这个人除了当王妃，什么都干不了。"

当时的白银·玛格丽特公主毫不羞怯，笑声爽朗。

那张开朗的笑脸、熠（yì）熠生辉的柔软银色长发，牢牢地抓住了大王的心。

"这位公主没有找到胜任的工作，对我来说，对我们蜡笔王国来说，是一件幸事。"大王当初这样回答道。

"但是，现在的白银……"大王离开窗户旁，像一头大熊绕着书桌转来转去，自言自语道，"她既能养鸟，也能织毛衣；既能记账，又能照顾孩子。普通女人做的任何事情她都做得到。然而，她却不再像当时那样爽朗地开怀大笑，那美丽的银色头发也几乎变成了灰色。是我的心理作用吗？她以前的头发的确是更加美丽的银色，甚至每一根发丝都光彩照人，仿佛在祝福我心情愉快。"

大王忽然想要仔仔细细地确认一下，王妃头发的颜色是不是真的比以前暗淡。

于是，他离开办公室，向王妃的起居室走去。

大王在中庭看见了王妃，她伫立在冬季仍开放的藤本月季拱门下。大王停下脚步，看着冬日的温暖阳光洒在她银色的发丝上。

王妃正在给松鼠们投喂面包屑。

——她的银色头发不是和原来一样美丽吗？我是不是过于关注不应该在意的事情了？

这时，他听见了王妃的声音。王妃在低声歌唱：

要问这是为什么，我也不知道

过去，一切都熠熠生辉

天空更蓝

红茶更香

虽有传闻说我是个任性的王妃

但我绝对不伪装

　　　像现在这样

大王感到王妃并不快乐。

　　　要问这是为什么，我也不知道

　　　过去，一切都自由自在

　　　有很多事想做

　　　等不及明天的来到

　　　虽有传闻说我是个任性的王妃

　　　但我绝对不回头

　　　像现在这样

大王垂下头藏在柱子背后。

　　　要问这是为什么，我也不知道

　　　过去，一切都快快乐乐

总有朋友围绕我身旁

总能发自内心地欢笑

虽有传闻说我是个任性的王妃

但我绝非孤单一个

像现在这样

大王叹了一口气，正想返回时，看见走廊另一头的变色龙首相指指通往地下的台阶。这是在告诉他，圣诞老人正在那里等候。

几分钟之后，在近乎漆黑的夜鸦厅中，两位十分威严的人举行了会面。

天花板上的萤火虫微光，如同青白色的河水在流淌，时而照亮圣诞老人从脸颊垂到下巴的雪白胡须，时而让黄金大王的金色双眼闪烁灿烂的光芒。然后，圣诞老人的胡须又如同白色花瓣一样摇曳。

两个人热烈地交谈了很长时间。

2.
蔬菜茶杯

　　与此同时，身着浅紫色套装的白银王妃正斜倚在阳台的躺椅上读书。那本书属于一读就犯困、一放下脑子就变清醒的类型，当然，书是有益的。

　　敲门声刚响起，王妃就打了个长长的哈欠。

　　"圣诞老人来了。"女仆告诉她。

　　王妃把书签夹在书页里，抬起因为打哈欠而泪汪汪的眼睛，起身迎接大个子客人。

　　"你好呀，王妃殿下。我没打扰你学习吧？"

　　"我正像只小猫在打盹儿呢。"

王妃吩咐女仆备茶。

"我没想到，您竟然会进这样的房间。"

"我也很意外呀，白银·玛格丽特公主，这里居然是你的城堡。"

"您可以叫它小窝。"

"非常干净，而且一切都井井有条。你过去在萨布利纳森林的起居室，才叫一个乱七八糟呢，连下脚的地方都没有！"圣诞老人睁大眼睛环视王妃的起居室。地面和桌面都擦得锃亮，没有一件东西乱摆乱放，花瓶里养着新鲜的山茶花。

"来，圣诞老爷爷，您请坐。这样一来，您一定对我刮目相看了吧？"

"我确实大吃一惊。"圣诞老人说。

"只是吃惊，没有其他感想？"

"你变得太稳重沉静了，就像大病初愈。难怪大王担心呢。"

"呵，呵，"白银王妃的笑声就像是装出来的，"您是在批评我不该变得老成持重吗？以前您总责备我是个任性的野丫头，可现在又怪我太沉稳了。"

"白银·玛格丽特，你的性格从来都是一不做二不休的。过去，你为了在平安夜抓住我，在烟囱底下设过捕熊夹。我看得一清二楚，捧腹大笑。第二年，你又在烟囱里涂满了粘鸟胶。结果你从烟囱下去的时候，只好把自己的蓝色外套留在烟囱里了。我又看得清清楚楚，捧腹大笑。我就喜欢那样的你。"

"那是我七岁时候的事情了。现在我的年龄都是当时的四倍了。"白银王妃的眼里充满了对过去的怀念，"我的计划是捉住圣诞老爷爷，把他袋子里的所有礼物都抢走。"

"哈哈哈，那就是抢劫嘛。"

"那时候，我天不怕地不怕，就怕一年牢。"

"一年牢？"

"哎呀，您不知道吗？爸爸总是告诉我，在萨布利纳森林的某个地方，有一座一年牢。那是一座迷宫，一旦走进去，一整年都出不来。肯定是爸爸为了不让我这个疯丫头跑太远，才编出这么个故事来吓唬我。可是，我真的特别害怕，经常做噩梦，梦见自己陷入一年牢，无论走多远，都被困在无边无际的沙漠里、地底的洞窟中，或是波浪汹涌的大海中一座只有一张榻榻米大的小岛上。"

"那可不得了，如果我掉进一年牢，世界上就会少一次圣诞节了。"圣诞老人说，"那是洞窟吗？还是陷阱一样的东西呀？是海市蜃楼吗？还是像妖怪那样一下子从对面扑过来？"

"我不知道呀。"

女仆端来了红茶。茶杯看起来是年代久远的陶器，不仅颜色发黄，上面还有好几条裂缝，就像地图上描绘的河流，好像随时都会裂开。

圣诞老人端详着茶杯。杯子上画着红色西红柿，那红色美得十分独特，令他感到这东西并不简单。

白银王妃在一旁介绍道："听说这是第一代瓦尼埃

蒙的作品。据说，黄金十八世大王举止粗鲁，专横跋扈，就像过去的我一样。于是，当时著名的陶工瓦尼埃蒙就给他献上了用来封存任性的茶杯。"

"嚯——"

"听说，用那个茶杯喝茶的时候，茶杯上描绘的蔬菜就会把喝茶人的任性从嘴里吸走。杯子是十二个一组。这个是葱，还有竹笋、胡萝卜和圆白菜……"

机灵的女仆把十二个茶杯都端来了。每一个都古老陈旧，布满裂痕，但是不愧为第一代瓦尼埃蒙的作品，画在上面的蔬菜格调高雅，美得让人折服。

"原来是这样。所以大王就把杯子送给你用了。可是，这个是什么呢？这个上面什么都没有画呀。"圣诞老人举起一个素色的茶杯。

"有人猜，那是豆腐。"

"哦，那这个呢？"

圣诞老人指着只有星星点点小黑粒的杯子。

"据说那是黑芝麻。我给那十二个杯子指定了各自

的角色，还起了名字。七年前，在大王离家出走时的十二个月旅行中，我改掉了十二个坏习惯。可是，我的缺点何止十二个啊。因此，我想到了一个点子，要用大王特意送给我的这套茶杯，改掉另外十二个缺点。您愿意听听我的点子吗？"

"快给我讲讲吧。"

"那我就按照它们的年龄大小依次来讲吧。"

白银王妃挨个拿起茶杯，开始介绍自己给它们想象出的性格。

粉色的咸梅干，叫作梅干奶奶，是个七十岁的老太太，贪得无厌。

雪白的是豆腐爷爷，六十五岁的老头，一洗澡就要花三个小时。

黄色的玉米，名叫玉米斯基，是个看起来既像三十岁又像六十岁、搞不清年龄的男人，骄傲自负，总是一副"你看，我说对了吧"的模样。

紫色的茄子，总是急急忙忙向前冲，是个小气的四十岁男人，名叫快快快茄子。

西红柿阿姨，是个暴躁易怒、动不动就大吼大叫的三十五岁主妇。

圆白菜圆白白姑娘，喜好打扮，看见什么衣服都想要。

"接下来的四个是高中生。"白银王妃接着介绍。

黑芝麻是芝麻妹，年纪轻轻却喜欢说教，总是反对别人的意见。

菠菜是菠菠妹，是个邋里邋遢、柔弱无力的少女。

大葱名叫葱仔，他总是对别人冷嘲热讽，一张口就伤人。

竹笋是葱仔的朋友，叫大个子，举止粗鲁，擅长打架。

"剩下的就是小孩子了。初中生胡萝卜，名叫胡萝卜仔，是个几乎不说话的孤独少年。他谁也不喜欢，不跟别人接近。就算去远足，也会找个地方独自一人悄悄吃盒饭。莲藕叫莲藕妹，是个性格阴郁的女孩子，总是说自己身体不舒服，其实不过是希望引起别人的注意。大概就是这样了。多亏了这些茶杯，我才变成了现在这个稳重的我。"

说完这番话，王妃不知为何"唉"地长叹一声，就像一个结束了长篇台词的演员。

"你好像把自己想得太坏，反省过头了。"圣诞老人说，"你口口声声说'缺点，缺点'，可究竟有谁认为那是缺点呢？你如果自信一点儿，它们也许就不是缺点，反而摇身一变成为出色的优点呢。就像人们常说的，犹豫的人深思熟虑，武断的人机敏果敢。"

白银王妃默默不语地微笑着，仿佛在说，我以前也总是那样想，总把事情朝着有利于自己的方向考虑。

圣诞老人抱着胳膊说："那么，这些茶杯，我会征得大王的许可带回家。我不希望你继续反省下去了。因为你不是修道院的修女，而是这个国家光彩照人的王妃啊。"

"正因为此，我才需要反省呢。"

"我想送给你能让你更加幸福的茶杯。白银·玛格丽特，这样吧，我会在圣诞夜十二点，作为圣诞老爷爷，把礼物送到你的老家——萨布利纳森林。你要变回那个脸颊像红苹果的少女，等着圣诞老爷爷的礼物。不过，你可不许再装捕熊夹了哦。"

"您又提那些陈年旧事，"这个玩笑似乎不管用，白银王妃悲伤地说，"我马上就三十岁了。"

"那么，你就像印度的捕虎人那样，把树叶堆在一起抹上糨糊也行啊。"

可是，这个玩笑仍不管用。

圣诞老人恢复了严肃的神情："萨布利纳森林中，有一棵树龄两千年的大松树。你知道吧？"

"我当然知道，爬到第三根粗枝上，就能看见犹如黑色树林的北方大海，向南还能看见塔克兰多镇。我给它起了个名字叫作看守松。"

"在那棵松树附近，只有一棵纤细的白桦树。"

"白桦树？"

"它还是棵小树，你也许不知道。不过，它的树干到了晚上，就像涂了油漆一样洁白醒目。我会把给你的礼物，系在那棵白桦树显眼的树枝上。"

"好的。"

"但是，这件事你要保密哟。要是萨布利纳古城的人知道了，尤其是你父亲，是不可能同意大半夜把王妃送到森林里去的。"

"您不用担心，我会悄悄跑出去。这个本领，我从小就擅长。"

"那我们可就说好了。我会去请求大王的。你一定要在圣诞夜前回到萨布利纳古城。"

"好的。"王妃严肃地点点头，心里乐开了花。

圣诞老人再一次去见大王。大王立刻就答应让王妃回娘家。

"只要赶得上过新年就行。在那之前也没有什么仪式非要王妃参加。明天就让王妃回故乡，休息到除夕吧。"

但是，关于瓦尼埃蒙制作的蔬菜茶杯，大王却含糊其辞："毕竟那是国宝，是我们整个国家的宝贝啊。"

　　于是，圣诞老人说："那些杯子连一年都撑不住了，会碎成几瓣的。"

　　"您说什么？"

　　"因为杯子里的蔬菜已经忍耐到了极限。其实，大王，那些蔬菜啊……"

　　圣诞老人终于把一切都告诉了大王。

　　很久很久以前，陶工瓦尼埃蒙为了设计献给黄金十八世的茶杯而绞尽脑汁，正是圣诞老人悄悄地把十种蔬菜放在他工作室的。

　　那些蔬菜是精挑细选过的，无论是口味、形态，还是色泽，都是最出色的。

　　瓦尼埃蒙第一眼看到这些鲜翠欲滴的蔬菜，心灵就受到了震撼。他用自己磨炼到极致的艺术家的本领，将蔬菜的灵魂注入了茶杯中。

　　"什么？原来是十种蔬菜啊！"大王打断圣诞老人

惊叹道。

"是啊，豆腐和黑芝麻，是瓦尼埃蒙自己添加的。因为这两种是他特别喜欢的食物。"

就这样，行为粗鲁、绰号为海盗大王的黄金十八世倾斜茶杯，细细品味杯中的茶汤，借此获得了内心的平静。

于是，王室成员都赞美茶杯的魔力，称它们是"封存任性的杯子"，视为珍宝。

"可是，从那以后，近千年的岁月已经流逝，蔬菜吸收的毒物在它们身体里不断累积，已经到了临近爆炸的状态。必须让它们像王妃殿下那样，回归故乡一段时间，稍作休息。"

听了这番话，大王也无可奈何，只好让圣诞老人带走了十二个蔬菜茶杯。

3.
故乡的森林

　　"你可真是变成一个死板拘谨的女人了。"在书房里，王妃的父亲米迦勒公爵一会儿看看桌上翻开的书，一会儿看看回到家的女儿的面孔，打断了王妃归家的问候，"看来王都的风很脏啊。你瞧，你那引以为豪的银色头发，连一点儿原来的影子都没有了。"

　　白银王妃没有反驳，微笑着点点头。

　　"玛格丽特，这样看来，你是戴着很多面具回来的啊。狐狸面具、狸子面具、黄鼠狼面具、水獭（tǎ）面具……趁你在家，我得把你这些面具都一张张揭掉，恢复单纯的玛格丽特的本来面貌。"

这位米迦勒公爵，以他的严格、寡言少语和难以相处而闻名。但是，他在失去了母亲的白银王妃面前，却是一位独一无二的温柔慈父。

"爸爸，这宅子变得好安静呀。"

于是，米迦勒公爵笑着告诉王妃，管家接连辞掉了原来的八位下属，女仆主管也把七个女仆全都解雇了，就连厨师长也跟他们学，赶走了三位厨师。

"眼下，只剩下脾气倔强的三个老家伙。然后，我们捡来了一个孩子。他是被冲到海岸上来的。他乘坐的船在暴风雨中沉没了。那是个叫约克的男孩子，一点儿都不认生。要是听不到孩子的声音，这里就太冷清了。不过，从今天开始，他肯定会寸步不离地跟着你。"

和热闹的王宫相比，自己家就像湖底一样寂静无声。

附近居民的服装也很朴素，颜色偏黑，和王都的华丽形成鲜明对比。这里的树木都绿得发黑，几乎看不到开花的植物。

在古城，尽管是晴天，天空也会带些灰色，飘在空中的云朵也是在王都见不着的沉重铅灰色，刮来的风饱含北方大海的盐分，呼啸着如同狼在号叫。

尽管如此，白银王妃仍感到心旷神怡，犹如重生。

果然如公爵说的那样，那个穿着短裤和衬衫的活泼少年——约克立刻离不开王妃了。

王妃从年仅七岁的少年口中得知了他的可怕遭遇。

约克一家是开小型运输船的，负责把货物从一座城市运送到另一座城市。约克虽然年纪小，却很喜欢大海，还能帮忙跑腿，因此爸爸和三个哥哥非常疼爱他，每次出海都带着他。

最后一次出海的某一天，大海突然露出獠牙，掀起汹涌波涛，大哥立刻把约克领到竖在船头的旗杆下，用皮带把他的身体绑在旗杆上。哥哥总是这样做，以免他掉进海里。约克的脖子上，一直挂着哥哥给他的哨子，需要帮助的时候，他就吹响这只哨子。

大海渐渐露出了恶魔般的表情。货物开始在甲板上轰隆轰隆地滚动。

不一会儿，暴风雨彻底控制了这艘船。波浪犹如高耸的黑色墙壁，把船夹在中间，一会儿抛起，一会儿拍落。

就这样，时不时有几件货物消失在大海里。

最后，爸爸和哥哥们都各自把身体牢牢地绑在船尾的桅杆上。因为不这样做，就会和滚落的货物一起掉进大海。

每当波浪袭来，海水就像瀑布一样重重地冲刷着约克，想将他击倒在地。当海水退去，约克的身体才能渐渐直立，慢慢恢复的意识告诉他，这艘船尚未沉没。

他看见三哥担心地朝自己这边张望，喊叫着什么。可是，风的嘶叫和可怕的波涛声，以及从头顶灌下来的黑色海水吞没了他，让他什么都听不清。他们已经无法顾及彼此了。

"天空一片漆黑，大海也是黑黢黢的，没办法把天和海区分开。"

疯狂号叫的黑色世界，如同金属一般，闪闪发亮。然后，就在一刹那间，约克眼前出现了一大群白鸟，犹如纸片般在头顶上方飞来飞去。

那是一群海鸥。海鸥也恐惧不安，把船当作了救命稻草，靠近后便不愿再离开。

船体大幅度倾斜，绑住约克身体的带子"扑哧"一声断了，约克根本来不及吹哨子，小小的身体就像乒乓球一样弹起来，掉进了泡沫翻滚的漆黑大海。紧跟着下一个瞬间，船头不断高高翘起，依然绑在桅杆上的爸爸和三个哥哥，一眨眼工夫就消失不见了。

就这样，约克成了孤儿，只剩下哥哥的遗物——那只哨子，还挂在纤细的脖子上。

王妃喜欢带着约克去森林里散步。在森林里，松鼠和大飞鼠到处可见，鹿和狐狸也能偶尔遇见。

红脑袋的啄木鸟总是懒洋洋地敲击着开始枯萎的树干，发出"笃笃笃笃"的声音。有时候，被夜晚留下的金眼猫头鹰会像个摆设似的立在橡树的树梢上，一动不动。

他们还见过灰胸竹鸡拖家带口地排成一列，"沙沙沙"地穿过草丛。

约克一吹哨子，鸽子和斑鸫就拍着翅膀从四面八方振翅起飞，大概误以为那是老鹰的声音。

有趣的是，森林里还散落着粉色、浅紫色的漂亮贝壳。

这是因为在很久以前，萨布利纳森林的三分之二都在海底。学者们发现，如果将至今依然零散分布于森林里的黑松连成一条线，就会发现这条线和过去的海岸线一致。

大约六百年前发生了大地震，地面抬升，萨布利纳森林的面积扩大到了过去的三倍。

古书上记载，在森林深处的某个地方，能听见脚

边传来波涛的声音。还有记录显示，森林的水池里曾有渔夫捕获到比目鱼。或许一年牢的传说就是在此基础上诞生的。

"森林里有狼吗？"约克问道。

"有啊。"

"有多少头呀？"

"好多头。"

"也有兔子吗？"

"当然有了。"

"也有熊?"

"有呀。"

"有狮子吗?"

"有呀。"

"那么,有大象吗?"

"有呀。"

"那么,有白熊吗?"

"有呀。"

"你骗人!"约克叫起来,"大象在炎热的地方才有,而且,白熊不是生活在寒冷地带的吗?"

"是啊。可是,在这片森林的某处,有一个地方叫作愿望之林。据说,走进那里的人心里想什么,就会发生什么。比如我们想,熊来了好可怕呀,熊就会出现;如果我们担心有狮子,狮子就会'嘎吱嘎吱'踩着落叶走出来。"

"讨厌的愿望之林。"

"所以，我们要想一些令人高兴的事情呀。如果我们想，天上会不会掉糖果呀？糖果就会落下来。如果心里念叨，我真想吃香蕉呀，就会出现香蕉树。"

"那我们上那儿去吧，快点儿。"约克说。

"不行，那地方就在一年牢对面。要是去那儿，就会掉进可怕的一年牢，一年都回不了家呢。要是听见波涛声，一年牢就在旁边了。哎呀！波涛声，你听见了吗？嘘——"

约克脸色大变，竖起耳朵倾听。是风在摇晃森林里的树木，发出"沙沙沙"的声音。

"要是有一条路，可以避开一年牢到达愿望之林就好了。"

"有就好了。"白银王妃说。

每天早晨，王妃在镜子前用银梳梳理她的银发时，都感到头发在逐渐恢复过去的美丽光泽。

——谢谢，圣诞老爷爷。我已经不需要什么圣诞礼物的茶杯了。能够回到萨布利纳，就是最好的礼物！

圣诞夜那天，从傍晚起就细雪纷飞。王妃必须悄悄跑出去，在十二点钟之前找到森林里的守护松。

吃晚饭的时候，白银王妃反复眺望窗外，坐立不安。

"圣诞老人不会那么早就来的。"米迦勒公爵仿佛看透了她心中所想。

"是啊，是啊，得等您睡着了才来呢。"管家微笑道。

"我们早在一个星期以前，就按照小姐的要求，缝制了特大号的袜子呢。"女仆总管说。

"那我就早早去睡觉啦。"白银王妃说。她吃完晚饭，立刻回到自己的房间，关门上锁，开始做外出的准备。

她听见有人"咚咚"敲门。

"我给您送来了红茶和饼干。"

王妃坐在床上，一句话也不说。

大约过了一个小时，又有人敲门。

"姐姐，开开门。我们讲讲森林的故事吧。"

那是约克的声音。王妃仍然一言不发。

十点多，她听见公爵爸爸穿着拖鞋走过来的声音。

"玛格丽特……你睡了吗？到我房间来吧。"

王妃继续保持沉默。拖鞋的声音渐渐远去。

她听见厨师长和女仆总管醉醺醺地歌唱着："多么纯净啊，今晚的夜色。"

终于，四周彻底安静了下来。

纷飞的细雪仍然悄无声息地落下，仿佛要将这宁静彻底覆盖。

时针走过了十一点，王妃激动地打开窗户，轻巧敏捷地跳到雪白的院子里。她身体前倾，双手陷入了白雪中，心想："我是长胖了呀，以前跳下来可要轻松得多。"

　　她在雪面上留下一串长筒皮靴的鞋印，然后像条小狗一样，从墙根底下的破洞钻了出去。这个洞没有让她像少女时那样轻而易举地通过，因为她的肩膀、胸脯和腰部都大了许多。

　　王妃窸窸窣窣地钻出院子。

　　"咻——咻——"

　　她身后响起了哨声。哎呀，跑来的不是约克吗？

"嘘！"

王妃把手指竖在唇边，一把抢过约克手里的哨子。

"我真拿你这个孩子没办法。你一直在监视我吗？"

"德克里亚说过，姐姐每次圣诞节都会跑出去抓圣诞老人。她说你今天肯定也会跑出去。"

德克里亚是女仆总管的名字。

"你带我去吧。"

"我只是在散步。"

"你去哪儿呢？"

"去森林里。可怕着呢，会有很多妖怪出没哦。"

虽然这样说，可是白银王妃也只能把他带去了。如果把约克赶回去，大家一定会出来找王妃的。因为，她现在已不再是曾经的少女玛格丽特，而是蜡笔王国的白银王妃了。

"好吧，你跟我来。不过，我让你在原地等待的时候，你一定要等着我，好吗？"

不知什么时候开始，她的说话方式也变回了原来的模样。

"姐姐，雪花在欢快地跳舞呢。"

"嗯。"

连王妃的长睫毛上，也有雪花孩子排排坐。

"雪花在高兴地唱歌。"

"唱的是什么呀？"

　　好冷呀

　　所以我们要蹦起来

　　变成小兔子

　　好白呀

　　所以我们要飞起来

　　变成花蝴蝶

王妃唱道：

　　飞吧飞吧

冬天的使者

拍动翅膀

冰孔雀

盛开吧，盛开吧

夜晚的花园

天空中布满

星星的面包屑

飞舞吧

拥抱大地

飘落吧

投进银河

冬天的孩子

闪闪发光的蛋

弯弯的新月

清清爽爽的梦

雪地反射着明亮的光，连事先准备的手电筒都用不上。

两个人兴高采烈地向着森林出发了。

4.
可怕的圣诞夜

　　森林里到底还是太黑了，必须打开手电筒。因为高大的树木把天空遮蔽得严严实实，所以地上并没有积雪。

　　"你不冷吗？"

　　王妃开始担心既没有穿厚外套也没有系围巾的少年，但是习惯了海上生活的约克并不怕冷。

　　"我们要去哪儿呢？"

　　"嗯，还有七分钟——我们要去取圣诞老人的礼物。"

在这条小路的尽头，是一片广场。公爵爸爸在那里铺上草坪，摆放了秋千和跷跷板，作为玛格丽特公主的游乐场。广场还引来了自来水管，以便公主享用户外烧烤。在广场对面的边缘，伫立着高三十五米的守护松。

"风大起来了。"约克就像动物一样嗅着森林的气息说。

北风擦着森林的脑袋吹过，不断低声呼啸，发泄着不满。

"王宫里住久了，我连风会发出声音这件事都忘记了。"白银王妃说，"大家都认为会发出声音的只有人，我也觉得那是理所当然的。可是回到萨布利纳之后，我听到了各种各样的声音，让我明白有各种各样的东西活着。"

他们走得果然很快，广场出现得比想象的要早。眼前的世界中，天上地下都飞舞着洁白的东西。

地面堆积的积雪超过了一厘米。风"咻咻"地打着旋儿，刮得越来越猛，犹如在驱赶一群赛鸽。

王妃定睛细看，寻到了守护松的位置，然后扶住约克的肩膀，环视四周说："在这里停下。"

广场比普通小学的运动场小，但是在忽然下大的细雪中，站在圆形广场边缘的任意一点上望过去，景色都一模一样，回去的时候很有可能会找不到道路入口。更何况做任何事都一板一眼的公爵，建造的广场是一个完美的圆形。就连守护松这样的大树，要是雪下得再大些都会看不见的。

"约克，你能一动不动地站在这里吗？姐姐五分钟后就回来。在我回来之前，你能保证站在原地不动吗？你必须站在这里，作为一个标志。"

"嗯。"

"你能坚持住不动，对吗？不用怕，没关系的，好吗？我会一边吹口哨一边走的。"

白银王妃再三嘱咐，然后摘下自己的红围巾，在约克纤细的脖颈上绕了两三圈。

"如果你害怕了，就大声喊，我能听见的。我不会走到听不见你声音的地方。我就在那棵大树附近。"

王妃摸摸他的头，向着守护松前进。她踢开积雪向前走，因为她想尽可能留下脚印。

王妃吹了两次口哨，才走到广场的另一端，来到守护松旁。她回头一看——约克不见了。

刮入广场的风，剧烈地摇撼着森林里的树木，仿佛也在寻找出口。

"约克！"王妃呼喊着，晃动手电筒的光给他发信号，可是，在广场对面能否看见这束光已是个疑问。

——我必须快一点儿。

王妃寻找着白桦树。

她看见一棵树的树干散发着白色光芒，那是一棵格外醒目的树。她跑过去，抬起头一看，枝头上悬挂着一个长棍似的东西，像是一个盒子。

王妃喘着气，用手电筒照亮那个地方。她看见了浅蓝色的丝带。一定就是它了。

虽然知道够不着，但王妃还是试着蹦起来伸手去抓住它。

"有点儿高呀。只能爬上去了。"

王妃本来就擅长爬树。她伸出两手抱住白桦树干，胸有成竹地想，肯定能爬上去。

王妃隐约听见了约克的叫声，她竖起了耳朵听。

风从侧面使劲儿地把雪刮过来，附近的树木迎风的那一面，开始渐渐变白。

——圣诞老人考虑得太不周到了。万一下大雪，不仅是白桦树，所有的树都会变成纯白色的。

王妃又侧耳倾听。"姐姐！"她似乎听见有人在喊。

——总之，我得赶快拿到礼物回去。

王妃用手电筒照照地面，确认没有长棍似的东西掉下来。然后，她把靴子脱掉，鼓足劲儿喊道："来吧！"同时跳上白桦树，快速向上爬。

她爬到第一个树枝分叉的地方，站在树杈上，伸展双臂想要抓住盒子。

"唉，不行。"必须再往上爬一根树枝。

王妃环视周围，想要看看旁边有没有用手可以折断的细枝条。

"不要磨蹭了，再爬一段吧。"她对自己说。

就在这时，耳边传来了

呼唤声："姐姐！"

王妃吓了一跳，俯身一看，一个系着围巾的孩子正在拼命寻找自己。

"约克，我在这里，这里！"

"姐姐，我害怕！"

"怕什么呀，胆小鬼。"

"我听见波涛声了，是波涛声！"

王妃感到一股寒意窜过脊背。

"是风，起风了！"

"不是，我已闻到大海的气味了！"约克快要哭起来，"下来吧，姐姐，快从那根白色桅杆上下来吧！"

这可怕的词语击穿了王妃的心脏。王妃惨叫道："不行！约克！你不能想起来！"

狂风的声音确实听起来犹如波涛。

王妃忘我地爬上更高的那根树杈，仰望圣诞老人的盒子。

她看见的，竟然是几百只海鸥四处飞舞，正在黑

色的夜空中悲伤地鸣叫。

———是雪，不是海鸥，是雪！

王妃对自己说，她伸出手把盒子拽了过来。

然后，她想要下去，低头一看，发现自己居然爬到了非常高的地方。

下方明明应该是白色大地，可现在一片漆黑。

一瞬间黑色又变回了白色。

就这样，随着颜色的每一次变幻，她都感到某种东西在剧烈地摇晃，犹如巨大的布匹在翻卷。

黑色的大海撕开白雪覆盖的大地，就像怪兽一样钻出来。

王妃抓住的东西快速旋转着。地面仿佛成了飞快旋转的臼子，就快要变成黑色的大海了。

当下方看起来是大地的时候，王妃抓住的是白桦树的树干，然而当下面看起来是大海的时候，手中的树干就变成了不断倾斜的帆船桅杆。

"从桅杆上跳下来！姐姐！"约克的声音听起来已经非常遥远。

王妃向下滑动身体，用脚尖去寻找下方的树枝。可是什么都没有碰到。

它已经完全变成了船上的桅杆。它就像轴心歪斜的陀螺，倾斜角度越来越大，眼看就要被漆黑的大海一口吞没。

大海已开始覆盖头顶。

"约克！"王妃喊叫着。约克没有回答。

"约克！告诉我，该怎么办啊？"

除了狂风和波涛的巨响，她听不见任何声音。

那片圆形的白色广场，以及隐约伫立在雪中、犹如巨人的守护松，都到哪里去了呢？

——也就是说，我们走进了愿望之林。而且，约克想起了那个可怕的暴风雨之夜。那么，我只能松开手，掉下去了。

王妃闭上眼睛，像颗豆子一样落入了黑色的大海中。

5.
古怪的启程

王妃苏醒了。她看见了蓝色天空，阳光正洒在额头上。

有那么短暂的一刻，王妃只是凝望着蓝天，没有思考任何事情。

很快，她逐渐想起了过去的事情。

她静静地抬起上半身，环视周围的景象。挂在脖子上的口哨垂了下来。

海浪"哗啦哗啦"地掀起啤酒似的泡沫，冲刷着白色的漫长海岸线，仿佛暴风雨根本没有发生过。

王妃的影子投下的方向，是绵延的缓坡。在泥土和小石子儿之间，藜和斑地锦露出仅有的绿色。

王妃爬上了山坡。山坡对面是一条灰色的大河，泛着微光，缓缓流淌。

王妃坐在犹如野兽盘踞的红茶色岩石上，眺望着陌生的河流注入陌生的大海。

过了一会儿，她偶然回头眺望刚才爬上来的海岸线，发现一个浅蓝色花朵模样的东西。王妃走回去一瞧——哦，是圣诞老爷爷的礼物嘛。

同时，王妃清晰地回想起了一切。

——我这是落入了一年牢。

圣诞老人的礼物依然系着浅蓝色的丝带，躺在白色沙滩上。

包装纸是干的，说明从那个时候起，已经过去了相当长的时间。

王妃解开丝带，小心地揭开点缀着金色丝带和绿色松果图案的包装纸，打开了那个细长木盒的盖子。

"唉，原来是这个呀。"她情不自禁地说。盒子里出现的，是她在王宫里使用的第一代瓦尼埃蒙的十二个茶杯，就是圣诞老人要求带走的那些蔬菜茶杯。不过，唯独有一件是真正的礼物，那是一只散发着浅蓝色光芒的玻璃水瓶。她完全没有印象见过这个东西。水瓶有软木塞，上面用银色颜料写着"圣诞快乐"。水瓶封着口，里面装满了液体。也许是酒。

"看来这就是礼物了。好啊，喝醉了也没关系。总比喝海水强。"她自言自语地打开水瓶塞子，闻了闻气味。可是什么气味也没有，应该不是酒。

"如果是普通的水，我更高兴。因为我已经渴得不得了。"

她把水倒进一个蔬菜茶杯。

"哎呀？"茶杯"扑哧哧"一响，沿着裂缝碎了。那是画着圆白菜的杯子。

王妃又拿起胡萝卜茶杯。

"咦？这个也一样呢。"就在水注入的那一刻，胡萝卜杯也碎了。

"这个也不能用了。"

王妃一个接一个地拿出杯子来倒水，而每一个杯子都一模一样地碎了。

然而，她发现了一件不可思议的事。无论倒出多少水，水瓶里的水都丝毫没有减少。

王妃见十二个茶杯——第一代瓦尼埃蒙制作的国宝茶杯都变成了碎片，索性直接把瓶口放在嘴边，"咕嘟咕嘟"地开始喝水。

"啊，太好喝了。多么奇特的水啊。明明是普通的水，却又不像是普通的水。我怎么晕乎乎的呢？"

王妃抱着水瓶回到了刚才爬上去的山坡。因为她担心万一在海滩上睡着了，涨潮后会很危险。

终于爬到能够看见河流的高坡后，王妃筋疲力尽地坐下来，香甜地睡着了。

四周的喧哗声吵醒了她。

很多张面孔围着她。那些面孔，王妃都认识。

雪白四方脸，戴着细框眼镜的豆腐——豆腐爷爷。

皱纹满面的梅干——梅干奶奶。

留着一撇小胡子，自负的玉米——玉米斯基，总是一副"你看，我说对了吧"的表情。

暴躁易怒，激动得满脸通红的主妇西红柿——西红柿阿姨。

瘦削的紫色脸颊，性子急躁的男人茄子——快快快茄子。

言语刻薄的大葱——葱仔，喜欢吵架的竹笋——大个子，马虎随意的菠菜姑娘——菠菠妹，喜欢教训人的近视眼黑芝麻——芝麻妹。

孤独的胡萝卜少年——胡萝卜仔。头上净是孔洞，面如土色，体弱多病的少女——莲藕妹。身穿如同舞台服装一样褶皱格外多的绿色长裙，打扮得花枝招展的，是圆白菜——圆白白姑娘。

他们各自都长着蔬菜的面孔，胳膊、腿却和人类一样，个头和小学生差不多高。而且，他们的打扮装束都符合各自的年龄和性格。

玉米斯基肩上披着一件明黄色的外套，胳膊没穿进袖笼，脖子的领口打着黑色蝴蝶结。比上衣的黄色要浅一些的柠檬色长裤，就像用尺子比画过一样线条笔挺。他还戴着泛蓝光的眼镜，手里拎着一只西瓜皮做的小提箱，里面装着改变装束时用得上的小玩意。

快快快茄子整整齐齐地穿着褪了色而且皱缩变小的浅紫色西装三件套，连纽扣都紧巴巴地扣好，怀里宝贝似的抱着一个长方形的薄文件夹。

豆腐爷爷打扮得像个白色忍者，穿着白色布袜和草鞋。如果他没戴那副银质细框圆眼镜，恐怕谁都看不见他的眼睛长在哪里。

梅干奶奶穿着脏兮兮的粉色田间工作服，挂着拐杖，背上背个布包裹，包裹的带子交叉系在前胸。她的头顶几乎已经秃光了。

穿着红得刺眼的连衣裙，披散着头发的，是一直都怒气冲冲的西红柿阿姨。自认为长相漂亮的圆白白，明亮的绿色头发长及腰际，戴着一顶宽檐帽子，还戴着一副蕾丝花边手套，自我感觉非常好。

　　大个子身穿土黄色皮夹克，留着板寸头，比其他蔬菜明显高出一大截。

　　同样是高中生的葱仔，穿着立领的绿色校服。衣服上全是油迹污渍，脏兮兮的，仿佛他只有这一件衣服可穿。他的手里抱着两三本看起来艰涩难懂的书。

　　菠菠妹穿着深绿色的海军服，梳着马尾辫，拎着皮包，装束时髦。她的朋友芝麻妹穿着黑色体操服，帆布鞋的后跟都踩烂了。从打扮上看，她似乎什么都不在乎，留着像男孩子那样的齐耳短发；明明是近视眼，却没有戴眼镜。

　　初中生胡萝卜仔穿的不是校服，而是像修车工一样的砖红色连体服。他始终独自站着，和大家保持距离，就像总是等不及说再见似的。

年龄最小的十岁少女莲藕妹，套着一件鼓鼓囊囊过于宽松的圆领毛衣，宽大得快要蒙住她整个身体了。淡茶色的毛衣袖口比她的手臂长出很多，使她看上去就像长臂猿。莲藕妹的头发梳成一束，她喜欢把发梢绕到身前，一会儿捏捏，一会儿咬咬。

"那么，既然这个人已经醒了，我们就出发吧。"豆腐爷爷嘟哝道，"你叫什么名字？"

"白银·玛格丽特。"

"白银，她说她叫白银。"耳背的梅干奶奶用特别刺耳的嗓音告诉大家。

"去哪儿呀？"王妃问，"还有，去干什么？"

"你没看那个吗？"快快快茄子指着一件东西飞快地说。

那是王妃先前坐着眺望河流的岩石。仔细一看，岩石上刻着一段文字："如果能够跨过十二月桥，连接一年之环，就可以回到原来的世界。"

王妃读完问："一年之环是什么？"

"不知道。"菠菠妹敷衍地回答。

"总之，我们先去找桥吧。我们不是非得让你加入不可，我们只是想和那个浅蓝色的魔法瓶子做朋友。"葱仔挖苦地说，连正眼都不给王妃一个。

白银王妃发现，虽然自己很熟悉这一打蔬菜，可他们并不认识自己。

而且，她立刻就明白了为何他们将圣诞老人送的瓶子称为魔法水瓶。

那个瓶子可以源源不断地提供干净而美味的水，想要多少有多少。只要有它在，十二个蔬菜就可以健健康康，除了总是宣称身体某处不舒服的莲藕妹。

比起单枪匹马，团队的力量总归让人更安心。反正已经落入一年牢，一年内根本回不去。于是王妃决定和这些蔬菜一起踏上旅途。

"既然决定一起，那我们就抽签来决定谁当领导吧。"豆腐爷爷说。

王妃来不及细想就抽了豆腐爷爷做的签。上面写着数字"十二"。

第十二个，也就是说王妃会最后一个当领导。而且，大家商议决定，每一个蔬菜的领导权都在过桥之前进行交接，除莲藕妹外。

"对领导说的话不能有异议，要绝对服从。"

大家都同意了。

快快快茄子被选为这次集体旅行的书记员。

他从文件夹里取出笔记本，写上"旅行日志"几个字。接着，他写下十三位旅伴的名字，问道："目的地写哪里？"

"没有目的地就算不上是旅行，对吧？"

"随便写一个不可以吗？"豆腐爷爷说，"你就写成'温泉胜地巡游'吧。"

"必须是大家都想去的地方呀。"

"那就写成'故乡'，怎么样？"梅干奶奶大声说，"没有谁不想回故乡吧？"

于是，快快快茄子在目的地一栏写上了"故乡"。

"十三呀……真是个不吉利的数字。"葱仔嘲笑似的看着王妃嘟囔道。

白银王妃作为瓶子的主人，掌握着大家的性命，成了旅行团的特聘顾问。

众位旅伴朝着河流源头方向，慢悠悠地迈开了步子。

总之，要先找到桥。

总之，原地不动无济于事，所以大家行动了起来。

6.
两座桥

　　从大家的脚边向着灰色的河面，延伸出两座长长的桥梁，形成了一个 V 字。

　　左手的那座桥是一座结实的混凝土桥，第一根栏杆上刻着桥名——"过去桥"。桥长约二百米，站在桥这头就能够远远地看见桥对面的街道。那边的风景颜色鲜明，天空蔚蓝亮堂，道路笔直，路两旁的电线桩一个接一个无穷无尽，数不到头。还有火警瞭望台，高大的柿子树上，红色的果实铃铛似的悬在枝头。就连面包店的招牌都看得一清二楚。

与之相反，右手的木桥不仅老旧，而且从桥中央开始就笼罩着朦朦胧胧的白色水雾，看不清前面是什么样的。天空也恰好在两座桥之间分成两半，左边蔚蓝清澈，右边浑浊灰白，显得很沉重。

"这边这座桥连名字都没有。"豆腐爷爷指着木桥说。

玉米斯基一听，说道："因为这座桥旧了，所以才用混凝土又建了一座新桥吧。"

"那我们走哪座桥呢？"王妃问。

梅干奶奶理所当然地说："得走能看到特别远的那座桥哦。这座桥，说不定走到一半就垮了。"

"首先，既然写着'过去桥'，就说明它能回到过去呀。"

就在西红柿阿姨正要大步流星向前走的时候，芝麻妹说："等等！谁是领导？嗯？"

于是大家都回头瞅瞅芝麻妹布满黑痣的脸，一种不祥的预感让大家皱起了眉头。因为，第一个当领导的是芝麻妹。

"如果这是过去桥，那么这边这座就是通往未来的。我们任何时候都不应该向着过去前进，不是吗?"

"可是，现在情况不同呀。大家是为了回到过去，才拼命赶路的呀。"

快快快茄子着急了，可是芝麻妹爱唱反调的毛病更来劲了:"你要是想去，随你便。就算只有我一个，我也要走这座木桥。因为这是信念。顾问，你是什么意见?"

白银王妃想，不能让芝麻妹独自去呀，于是她说:"我们稍微等等，等云开雾散，两座桥都能看见对岸了再决定，好不好?"

大家等啊等啊，等着笼罩在木桥上的白雾散开。可是等了很久，雾也没有散开的迹象。

"这样等下去，就没个头了。快，我们出发吧!"芝麻妹屡次宣布，可是大家都把脸冲着过去桥，当作没听见。

王妃说："大家觉不觉得，那边的风景看得太清楚了？就像用了望远镜似的，无论多远都看得见，怪吓人的。那么清晰的世界，总觉得有些奇怪。"

她的这句话动摇了大家的决心。

"对呀，看不清将来才是人生乐趣所在。走吧，走吧。"

大家在芝麻妹的带领下，开始踏上木头桥。

冷冰冰的风吹过来。桥板腐朽，踩上去软绵绵的，有的地方还破了洞。

而且，不知何时起，四周已是一片雾茫茫，隔上一米，就只能看见黑乎乎的影子了。

"好冷啊，好冷啊。"

"这座桥太长了。"

"小心脚下！"

"等等！别把我留在这儿！"

蔬菜们相互之间大呼小叫，弓腰驼背地向前走。

走着走着，雾变淡了，可是寒意越来越浓。

灰一般细小的东西落在眼睫毛上。

"咦？这不是雪吗？"王妃喊道。

"是下雪了！真讨厌啊。要是走对面那座桥，现在都能懒洋洋地晒太阳了。"圆白白道。

葱仔一听便说："不，冬天下雪才是正常的。现在我的脑海里一浮现出桥对岸柿子硕果累累的景象，就感到毛骨悚然呢。我觉得，我们是逃过了一劫。如果我们走的是对面那座桥，恐怕就算走上一个多月，也到不了柿子树那儿呢。要是那样，我们都会发疯的。"

终于，木桥对面的景象展现在眼前。那里站着两名士兵，正在朝这边看。

"停下！停下！"站在桥口两侧的两名士兵把手里的银色长枪一横，拦住了大家的去路。长枪的一头分成三根叉，就像是餐叉。

"他们不就是汉堡包吗？"王妃瞅瞅士兵的脸嘟嚷道。

真的，那就是汉堡包士兵，长着圆形的茶色面孔，吐出的舌头是绿色生菜叶子。

"把手高高举起来！"然后，汉堡包士兵一个接一个地检查了大家的随身物品。

"是在打仗吗？"豆腐爷爷皱着眉头问，"敌军是谁？"

"是蛮横无理的饭团子军。"

"嚯！"

"你们是赢了还是输了？"芝麻妹问道。

"当然是我军处于上风啰。无论是紫菜卷军团、烤

三角军团，还是鳕鱼籽军团或三文鱼军团，各处的饭团子军队都被打得溃不成军。"

"你说的是真的吗？"梅干奶奶怀疑地问。

"奶奶，当然是假的呀。"芝麻妹说。梅干奶奶和芝麻妹都喜欢饭团子。

"你俩在这桥上能知道什么？"

这话很有道理，汉堡包士兵苦笑着补充道："我们是听说的。"

另一名士兵说："首先，武器就不一样嘛。饭团子军用的是木头枪，我军用的可是铁枪。"

这时候，圆白白和西红柿阿姨得意地相视一笑。因为她俩认为饭团子大军打败仗是理所当然的。

走到桥对面，四周已是一片雪景。

回头一看，挂着正月里讨吉利的稻草绳的桥栏杆上，刻着桥名"正月桥"。

"你们看，我选的路是正确的吧？"芝麻妹得意地说。

"这座桥叫作正月桥，说明走过十二座桥，就等于过了十二个月，整整一年。也就是说，我们就可以逃出一年牢了。"

天上落下的细雪，小得难以觉察。道路宽阔，不用担心迷路。

"不过，我们可别白走哟。"梅干奶奶大声说，"脑子越不够用的，越是要望着上面走。"

"为什么?"王妃问道。

"要盯着脚下，一边寻找掉落的东西一边走，这才是聪明人干的事。"梅干奶奶说。

走了一段路后，眼前出现了一片竹林。竹林里传来悦耳动听的丝竹声，那是古琴、小鼓和笛子演奏的宫廷古乐。

"终于有点儿正月的气氛了。"快快快茄子一路小跑，一边兴奋地说，一边向大家招手，"快点儿，快点儿!"

大家纷纷跑起来。

小竹林的高处有一片空地，那里聚集着许多小矮人。

女的穿着颜色艳丽的礼服，长长的衣摆曳地。还有垂下黑色长发的舞者正在跳舞。

男的头上戴冠，腰间佩刀。也有穿着红色或浅蓝色僧袍的和尚。

还有人正在品尝佳肴，食案摆放得像在玩过家家。有人在敲鼓，有人高举折扇，有人头戴黑漆礼帽，也有人携带弓箭，还有人坐在五色锦缎装饰的高台上，满意地频频点头。

既有人朗声吟诗，也有人惬意地埋头打盹。男人们几乎都蓄着胡子，服饰的华丽程度毫不逊色于身穿礼服的女人，在四周白雪的映衬下显得十分明艳。

有个小矮人戴着白色头巾，闭着双眼。

"啊，那是蝉丸。原来，他们是'百人一首'歌留多纸牌①上的和歌诗人。"王妃想起来了。就在她正

_____

① 一种日本流行的诗歌纸牌游戏。

要挨个辨认这些人长相的时候，地面忽然剧烈地摇晃起来。

"哎呀！不得了啦！"

"哎呀！"

一百位和歌诗人张皇失措，在雪地上像小白鼠似的东逃西窜。蔬菜们也挤作一团。

地震把枝头上的白雪一起摇晃下来，雪花飞扬，四周一片白茫茫。

"这到底是怎么了？"玉米斯基目瞪口呆。因为蔬菜们还不知道地震是怎么回事。

"地面喝醉了，"圆白白说，"所以跳起舞来了。"

地震的声音持续不断。

"怎么才能让它停下来呀？"西红柿阿姨问王妃。她怒气冲冲，就差没把这件事算在王妃头上了。

"什么办法都没有，因为这是地震嘛。"

"如果是喝醉了酒，过一会儿肯定会睡觉。"葱仔说。

"那我们给它唱唱摇篮曲吧。好让调皮的地面快点儿犯困。"梅干奶奶说完这话，哼起不成调的调子，给地面唱起了摇篮曲。

睡吧，地面

乖乖的地面

睡吧，地面

香甜地入梦

圆圆的种子

长长的虫子

现在都在

温柔的梦乡

现在都在

安静的梦乡

地震终于平息了，一百位和歌诗人都不见了踪影。然而，晃落在地上的雪花，让道路变得雪白。

"状况糟糕极了。"梅干奶奶说,"这样一来就看不见掉落在地上的东西了。"

很快,他们来到了上坡路上。肥胖的豆腐爷爷和体弱多病的莲藕妹落在了队伍后面,因此王妃跟在最后,慢悠悠地往上爬。

她听见走在前面的大个子吼叫道:"有掉了的东西,奶奶!"

梅干奶奶气喘吁吁地爬上去,那是山岭最高处,长长的下坡路展现在眼前。

道路正中间孤零零地躺着一个黑色的东西。

"那是什么?是块岩石吗?"

"那东西不是一开始就在那里的,因为上面没有积雪。"葱仔解释道,"所以是别人掉落的东西哟。"

"那东西,难道是……"菠菠妹话到嘴边又咽了下去,"算了,不管他。他一动也不动呢。好像不会动。"

"不是熊吗,奶奶?"刚刚爬到坡顶的莲藕妹上气不接下气地轻声说,"这可不好捡呀。"

"他要是头熊，可不会心甘情愿让你捡的。"葱仔说。

下坡的时候，大家都放慢脚步，谨慎地摆出了随时逃跑的姿势。

渐渐地，大家看清楚那是一头蜷缩的野兽。

"他只是在睡觉，或者并非如此？这就是问题，对吧，奶奶？"豆腐爷爷把手放在梅干奶奶的肩膀上，"正月里醉倒在地的家伙可不少呢。"

忽然，有谁打破了队伍的缓慢节奏，迈开大步飞快地向前走去。

是穿着砖红色连体服的少年胡萝卜仔。

"喂，你小心被他吃掉！"

胡萝卜仔就像没听见大家劝阻的声音，一眨眼工夫就大步流星地靠近了那头黑色野兽。

"这家伙居然冷不丁干出这种怪事。"被抢了先的大个子生气地说。

胡萝卜仔来到了野兽跟前，大家提心吊胆地注视

着他们。

　　胡萝卜仔伸手摸摸野兽的背，又立刻飞快地回到大家身边，接下来依然沉默不语。他就是这样的性格。

　　"那是什么？"芝麻妹问。

　　"快说说，是熊吗？"梅干奶奶大声问。

　　"是野猪。"胡萝卜仔胆怯地细声细气地回答。

　　"是活的吗？"

胡萝卜仔歪着脑袋不说话。

大家打起精神一路小跑靠近那头野兽。只见一头硕大的茶红色野猪躺在地上。

不知道是死了，还是依然活着，他的四条腿软弱无力，可是大眼睛流露出生命的气息。

王妃对野猪这张讨人喜欢的脸有印象。

"我想起来了，这是花骨牌里的野猪。这橙色的鬃毛、长长的睫毛，没错，就是他！"

西红柿阿姨一屁股坐在野猪的肚皮上，可他还是一动不动。

"他的身体是暖和的，但还是死了。"

"等等，让我看看。"王妃想到一个主意，她把挂在脖子上的约克的口哨放在唇边。

然后，她靠近野猪的耳朵，用尽全身力气一吹——"哔！"

野猪身上的毛倒竖起来，如波浪起伏。就在这时，从他的嘴里猛然喷出一个东西。野猪一下子跳了起来。

蔬菜们大叫着四散而逃。

野猪使劲儿地反复摇晃他的粗短脖子，然后弯曲前腿蹲下来，说道："谢谢您。我吃年糕的时候赶上了地震，年糕噎在我的喉咙里，使我喘不上气来。"

接着，他喘口气说："多亏了您，我才捡回来一条命呀。"

野猪的毛色眼看着开始散发出红彤彤的光芒，他就是花骨牌上的野猪模样，千真万确。

"我是相扑选手。如果需要我帮忙，请随时叫我。无论您在哪里，我都会赶过去。"

王妃向野猪打听二月桥的方位。

"这里只有一条路。不用担心迷路。"

看来旅程终于走上了正轨。

7.
爱泡澡的雪人

"停下！停——下！"

站在二月桥，堵住王妃他们去路的，是饭团子士兵。这名士兵左右两手各持一根尖锐的木头枪，就像拄着滑雪杖。汉堡包军队的军服是卡其色的，而他们的是灰色的，每一名士兵也顶着一个大脑袋。

一看见当领导的豆腐爷爷洁白的脸庞，饭团子士兵就入迷地瞪大了双眼："真漂亮呀，能让我摸一下吗？"

说着，他用手指头戳了戳豆腐爷爷的脸颊，说：

"好柔软呀，真是个漂亮姑娘。"

豆腐爷爷厌恶地说："你别拿脏兮兮的手指头碰我。鄙人可是六十五岁的老大爷哦。可以让我们过去吗？"

"当然！纯白，洁白，如同新娘的服饰，白色的就没有坏人。坏人基本上都是黄褐色的。"

那些士兵看起来挺和善，于是王妃问道："你们为什么要和汉堡包打仗呢？"

"那是因为我们饭团子军通过奇袭，轻而易举就抢来了汉堡包王国的沙拉公主。"

"那做得不对的岂不是你们饭团子？"支持汉堡包的西红柿阿姨在后面怒吼。

"也不能那样说。"另一名饭团子士兵解释说，本来那位公主和饭团子王国的继承人古特王子立下海誓山盟要结婚，可是，汉堡包国王为了和最近势力日益强大的意大利面王国结为同盟，找了各种借口一次又一次推迟婚礼，谋划着悄悄把公主嫁到意大利面王国去。饭团子国王忍无可忍，于是派出经过特殊训练的气球部队，在深夜时分潜入了汉堡包王国的城堡。他们勇敢地用竹子皮把睡在柳条床上的沙拉公主牢牢卷起，吊起来带回了饭团子王国。他们出色地完成了任务，两个相爱的人才得以结婚，然而汉堡包国王勃然大怒，战争就这样开始了。

"那么，打赢的是哪一边呢？我只想快点儿知道结果。"快快快茄子说。

"当然是我军啰。敌军已经有了很大的伤亡。"

"可是，汉堡包士兵也说饭团子军遭到了毁灭性打击呢。"圆白白笑着说。

饭团子士兵笑起来："唉，我们这些最底下的小兵根本不知道是哪边打赢了。其实几乎就没打仗。据说乌冬面王国出面调停了。唯一担心的，就是意大利面王国要出兵支援汉堡包。"

"不过嘛，听说那种哪边是脑袋哪边是尾巴都叫人分不清的家伙，可狡猾了。双方势均力敌的时候，他们是绝对不会出手的。"另一名士兵出来说。

"就算对方有意大利面军队帮忙，我们也有乌冬面王国撑腰呢。"

"谁说的，根本靠不住！"又一名士兵插嘴道，"乌冬面王国的大使来参加了我们的阅兵仪式，他连站都站不直。刚开始的时候还有两米多高，到了还礼阶段，他的腿就开始像蛇一样盘起来，个子眼看着越来越矮。我走到他正面时，他几乎都快躺在地上了。别提有多靠不住了。"

过了桥，一条道路蜿蜒在山间，路的两侧都是松树。无论是松树还是道路都有积雪，在四周群山的包围下，路上光线昏暗，让人心头发虚，仿佛来到了古代。

"雪太冷，受不了。"穿着草鞋的豆腐爷爷说。

身着轻薄丝绸裙子的圆白白也冷得牙齿打架。"我们跑起来吧。我想跑着穿过二月。"

这时候，忽然从路旁的松树下蹦出白球似的东西。他们从各处蹦出来，叽叽喳喳地说着话，在大家的脚边嬉戏。那是小狗，是用米粉做的米糕小狗。

"烦死了，走开！小心我踩扁你！"大个子生气地吼叫。

"把你们踢飞了我可不管！"穿着体操服的芝麻妹也说道。

可是小狗们缠着他们不愿离开，仿佛想倾诉什么。

"等等，他们似乎想要说什么。"王妃捧起一条小狗放在掌心里，说："你想说什么？"

一听这话，小狗就像大飞鼠似的跳到松树上。

"怎么了？"

其他的小狗也在眼前的道路上排好队，队形看上去是个X字。所有小狗都在不停地摇头。

"他们好像在说，不能向前走了。"莲藕妹有气无力地说，"说不定前方有军队呢。"

王妃想明白了，说："他跳到松树上，意思是不是

让我们等等呀^①?"

小狗们高兴起来，这次又钻进松树林，就像在给大家领路。

不一会儿，大家来到了一座旧旅馆前。

"原来如此，我们被聪明的旅馆迎宾队带来了。"

一直忍受天寒地冻的蔬菜们，这下能在小狗们的旅馆里歇歇脚，也算是松了一口气。

---

① "松树"和"等待"在日语里发音都是matsu。

大家看见了露天浴池的路标，于是想赶快一起去泡澡。

以洁白的群山为背景，欣赏着戴着厚厚棉帽子的树木，背靠光滑的大块岩石，在热水里伸展胳膊和腿，别提有多舒服了。

豆腐爷爷用悦耳的声音唱道：

皮肤光溜溜，白净净

既没有皱纹，也没有斑点

忘记年龄有几岁

热水里头沉沉又浮浮

好舒服，好舒服

西红柿阿姨也跟着高声唱起来：

咚咚咚，西红柿熟透了

沐浴朝阳，咚咚咚

沐浴夕阳，咚咚咚

过了旧历的盂兰盆节，

太阳公公出来了

红着脸求婚哟，咚咚咚

玉米斯基粗着嗓子唱：

金钱是多么无聊的东西

太多了

连梦想都冷却

连心脏都放进了冰箱

忽然，王妃感到有什么东西盯着大家，于是环视周遭。

圆圆的脑袋，黑色的眼睛，他们在树的背后拥作一团朝这边看。

"咦？雪人！"

大家愣住了，回头一看，一群雪人"沙沙沙"齐身向后转，一溜烟跑得无影无踪。

大家在热水里泡了个够，回到旅馆发现四周一片寂静。那么多米糕小狗一条也不见了。账房里空荡荡的。

王妃到处寻找旅馆的工作人员。她爬到旅馆最高的第四层，看见北侧有一片广场。在午后的阳光中，那里有很多东西动来动去，隐约传来小狗们的声音。

王妃牵着缠住她不放的莲藕妹的手，去了广场。

那里聚集着大大小小几千个雪人。小狗们在他们中间跑来跑去、爬上爬下地做着什么。到处都是红色的小桶。

仔细一看，小狗们各自拿着刷子，爬到雪人的身上，帮他们把弄脏的地方擦干净。

他们把粘上泥巴的地方刮掉，仔细粘牢快要掉下来的鼻子和眼睛。

雪人们沐浴着阳光，惬意地躺着一动不动。

雪人们虽然小了一圈，却变得干干净净，个个都心满意足。

王妃和莲藕妹回到旅馆，发现其他蔬菜都不见了，只剩下胡萝卜仔在长长的走廊里独自漫步。

"怎么了？他们呢？"

胡萝卜仔递过来一张字条，说："你看。"

上面是豆腐爷爷的字："梅干奶奶觉得情况可疑，决定早点儿出发。你们来追赶我们吧。"

大概是旅馆的情况让爱担忧的梅干奶奶放心不下。

王妃赶紧去追大家。

半路上，她超过了几个被米糕小狗收拾一新、正慢悠悠走回山里的雪人。

道路向右转弯后，道旁的松树林没有了，蔬菜们的背影已经出现在眼前。从那里开始，是一条铺着石头的陡峭坡道。

这么快就追上了大家，王妃感到很奇怪。她看着蔬菜们走路的姿态，不由得喊道："你们在干什么？"

蔬菜们正在拼命地原地踏步呢。

"你们从刚才开始就一直在原地踏步呢。"

豆腐爷爷一听这话，悲伤地说："好奇怪啊，我们无论怎么走都无法前进。我们觉得自己在走，可是周围的风景完全没有变化。"

王妃也上了石头铺成的坡道，同样无法前进。虽然双腿活动起来很轻松，可是脚下踩到的还是和之前一样的地点。

"不好意思，借过！"

一个雪人说着用身体挤开蔬菜们，大步流星地爬上坡去。

"请让我过一下。"

又一个雪人轻轻松松地超过他们。

"我先走了。"

变得洁白漂亮的雪人不断地爬上坡，可是王妃他们无法前进一步。

这时候，小狗们"汪汪"叫着跑过来，要把大家领回去。

大家只好无奈地回到了小狗的旅馆。

"为什么不能向前走呢？"王妃问道。小狗又像上次那样，像飞鼠一样跳到松树上，意思是让他们等候。

"他好像在说，不等到什么东西来，那条路就走不通。"王妃给蔬菜们解释道。

"等倒是可以，但是让我们等到什么时候呢？是等什么呢？"

小狗一听，把两只眼睛瞪得像盘子一样圆。

"这是什么？是满月吗？"

小狗拼命摇头。这回又躺在地上，把肚皮高高地撑起给她看。

"你在模仿什么？猪？青蛙？"

就在这时，小狗突然跳到王妃的身上，在她右边脸颊上"啪"地打了一巴掌。

"啊！"

王妃吃惊地看看小狗，可是小狗脸上完全没有生气的迹象。他不停地摆动着短尾巴，圆睁的眼睛里还闪烁着期待的光芒，仿佛在说："你明白了吗？"

"敲，打，撑开……哦，我明白了，"王妃喊起来，"是春天吧^①？你是说，春天不来，就爬不上那座坡？"

小狗高兴得"汪汪"直叫。

为了证实这个猜测，蔬菜们第二天再次挑战了坡道，仍然一步都前进不了。

见他们死心返回，小狗们递来刷子，示意大家跟着他们走。小狗们是让他们帮忙清洗雪人。

"真讨厌。我们是客人，却让我们干这种活儿。"玉米斯基说。

小狗看见菠菠妹不情不愿地干活儿，就给她做了个示范，示意她擦刮得再使劲儿些。可是王妃觉得，小狗们擦洗得太用力了，完全没必要呀。

第二天下雪了。

---

① 日语中"春天"和"撑开"的发音相同。

雪人们出现在眼前时，又胖了不少。照顾他们的小狗脸上浮现出既悲伤又气愤的表情。

——是不是要等雪人都不见了，春天才会来呀？

王妃恍然大悟。难道只有雪人们都不再来了，那条石头铺就的坡道才能爬上去？所以小狗们才让蔬菜们帮忙刷雪人呢。

王妃把这个想法告诉了豆腐爷爷。

"既然这样，比起用刷子刷，还不如在露天浴场里洗个澡呢，不仅能更快洗干净，还能让那帮家伙加速变小!"

"真是个好主意!"

他和小狗们一商量，小狗们兴奋地"汪汪"叫起来，个个干劲儿十足。

"可是，不知道雪人们是否能答应……"

第二天，小狗们战战兢兢地把雪人们领到了露天浴场。雪人们面露难色，大概是被告诫过不能靠近温泉。可是，等他们明白小狗们会热情地帮他们擦洗，而且立刻就能让他们出来后，他们就渐渐放下心来。

甚至还有雪人主动"扑通"跳进浴池，说："泡温泉好舒服呀。"

"每个角落都能洗得干干净净。"

他们模仿蔬菜，也把头巾搭在脑袋上，哼起歌来：

下雪了，我们去玩吧

滑雪，赛跑，打雪仗

水桶帽子也乒乒乓乓

雪停了，我们去玩吧

跳绳，竹马，捉迷藏

眼睛掉了就明天见

爱唱歌的豆腐爷爷主动申请和雪人比赛唱歌：

脸上坑坑洼洼，全都是痘印

大学首屈一指的

国际法学系的高才生

在红色萝卜泥山岗上

拥有土地三万平方米

爱好是海钓和帆船

那个家伙名叫油炸豆腐

是我日思夜想的叔父哟

那是婚宴上挨个介绍亲戚的一种长段歌曲形式，一点儿都不好玩。歌名叫作《我日思夜想的一家人》，接下来会没完没了地挨个介绍烤豆腐、炸豆腐、轻炸豆腐和豆腐渣。

豆腐爷爷唱完后，雪人们基本上都缩小了一半，就连身体中心都变得软绵绵的。

歌唱比赛在第五天结束了。雪人们一个不剩地全消失了。

从这一天开始，小狗们能够开口说话了。

"谢谢。我们是待春狗，只有春天来了，我们才能开口说话。今年春天来得这么早，多亏了大家。以后有机会，我们一定会助大家一臂之力。"

小狗们蹦蹦跳跳，舍不得王妃一众离开，一直跟着他们。

小狗们齐声唱起动听的歌：

无论是长还是短

开春就是二月之路

雪如果融化花就开

雪如果融化路就动

冻结的语言复活了

忘记的梦想又出现

无论是长还是短

开春就是二月之路

　　王妃在石头坡道上飞奔，轻松得就像在做梦。她对跟在身后的蔬菜们比了个代表胜利的 V 字。冒出绿色新芽的原野在眼前一望无际地展开。温暖的东风吹拂脸庞，天空中飘浮着很多鲜艳的气球。

　　在春天的雾霭中，沿着波光粼粼的河流，一条浅粉色的"带子"朦朦胧胧地蜿蜒伸展。那也许是李子树林或者杏子树林。

8.
三月的不同遭遇

　　三月桥边，聚集着三十多名饭团子士兵。他们用令人厌恶的眼神目不转睛地盯着走近的王妃他们。

　　看上去，他们想找麻烦。

　　"玉米大叔，就看你啦。"豆腐爷爷说。因为玉米斯基是第三个当领导的。

　　"站住！"一名模样讨厌的下级士官跳出来发号施令，"我们要检查行李！"

　　第一个被检查的是玉米斯基。士官从他的提箱里搜出了化装用的胡须、眼镜、假发等，顿时沉下脸来。

"我可没有什么汉堡包亲戚，因为我是玉米嘛。"

"可是，那不是西红柿吗?"士官瞪着西红柿阿姨说，"相当可疑。喂，那个穿绿衣服的女的，笑什么笑?"

看来，圆白白也引起了他的警惕。

然后，下级士官对一行蔬菜声色俱厉地命令道："不许过这座桥。想要过河的，必须挂在气球上飞到对岸去。"

"什么?"大家原本以为，飘浮在天空中的缤纷气球是庆祝春天的悠闲景象，没想到那是饭团子军队的气球。

气球下方有一根木棍，只能用两只手抓着。大家问为什么要这样做，下级士官解释道，这是为了防止汉堡包军队乔装打扮偷偷入侵。

"也就是说，如果是汉堡包，无论化装得多巧妙，只要悬在气球上，飞着飞着就会逐渐露出真面目。首先，绿色的生菜舌头会垂下来;接着，抹着西红柿酱的肉馅也会'嗞，嗞，嗞'地掉下来。再怎么忍耐都没用。那张歪歪扭扭的脸，会'啪'的一声裂成两半，脸上的东西也'哗啦啦'掉下来，再也不是个汉堡包。"

"这气球安全吗？"玉米斯基不放心地追问。

"这要看你们操控气球的技术好不好。"下级士官冷淡地回答。

"我才不坐什么气球呢！"西红柿阿姨愤愤然地说，"西红柿又不是在天上飞的！"

"那你就一直在这儿坐着吧。"下级士官迅速下令，"想要去对岸的，排成一队！"

"一个一个地飞，也就是说，降落地点也会很分散？"

"是啊。就算是士兵，想要降落在目标地的一百米范围内，也需要训练两个星期呢。"

比起对蔬菜，下级士官对王妃说话要礼貌得多，而且还充满怜惜。王妃回头看看大家说："我们应该让最醒目的一个第一个飞，这样的话，后面的就可以在空中把他当作目标。"

蔬菜们纷纷议论起来：

"让玉米斯基先跳。"

"黄色是最醒目的。"

"交通安全帽也是黄色的。"

于是，大家决定让作为领导的玉米斯基第一个用黄色气球飞越河流。剩下的蔬菜们则乘坐与各自颜色相似的气球，以玉米斯基为标志跟着飞过去。

"我不飞。"西红柿阿姨还在逞强。她支持汉堡包，所以痛恨饭团子。王妃问下级士官，她能不能抱着莲藕妹一起飞："她生病了，根本没力气独自抓住气球。"

下级士官答应了："我们饭团子军充分理解红十字精神。"

说话间，挂着玉米斯基的黄色气球已经乘着风高高飞起。

"啊，景色太美啦！太好啦！"玉米斯基左右摆动脑袋，"我真想鼓掌！不行，等等！要是鼓掌，我恐怕就掉下去了。"

于是，他就用两只脚拍打起来。

他顺利地飞过了河面。原野呈现在眼前。又飞过了细如丝绦的几条小河。气球的黑影子越过森林上空，越过草屋的院子，越过田地，越飞越远。

看到黄澄澄的大地时，玉米斯基感到自己仿佛回到了故乡。

——这里一定是玉米之国，聚集了数十万和我一样时髦漂亮、爱吹牛的玉米。

玉米斯基用大拇指按下简单的着陆装置按钮，气球降落在黄色大地的正中央。

白纸一般的菜粉蝶在黄澄澄的世界里飞来飞去。那是油菜花田。

稍后，圆白白、豆腐爷爷、大个子等蔬菜的气球相继从上空飞过。

降落在黄澄澄大地上的黄色气球和黄色玉米斯基，无论后面的队友再怎么专注细看，也难以分辨他的位置。

接下来，几乎所有蔬菜都和玉米斯基一样，误以为与自己相同颜色的地面就是故乡，便降落在了那里。

而另一端，把莲藕妹背在背上的白银王妃却很难坐上气球。

因为，她不得不试着说服固执的西红柿阿姨，改变她绝对不愿坐气球的想法。

"你不愿意坐上去，连脸都涨得通红，其中的原因我非常清楚。"饭团子士兵的队长走过来，大发雷霆，"你看，都在你的脸上写着呢——我跟汉堡包是同伙！"

"大家会很不好办的。你没必要在这种地方赌气吧？"无论王妃怎样劝慰，固执的西红柿阿姨都坚决不肯让步。因此，饭团子军的队长决定审讯她。西红柿阿姨被带走了。王妃再三请求队长释放西红柿阿姨都没用。

"那我也不想坐气球了，"胡萝卜仔说，"因为胡萝卜不是在天上飞的。"

胡萝卜仔是不愿意抛下西红柿阿姨才这么说的。

王妃明白他的好意，便安排他负责善后，自己上了气球。因为迟早都能查明，他们并不是汉堡包的同伙。

"天上真冷啊，"莲藕妹在王妃背上说，"可能会感冒。啊，嗓子开始发痒了。"

"我们再找找大家哦。"王妃一边向前飞，一边寻找着黄色目标，可是找不到。

"降落后你能给我买润喉糖吗？"

"可以啊。"

"我不要梅子味的，要肉桂味的哦。"

王妃在镇子中央总算发现了一处圆形公园，决定降落下来。

这时已是安静的春日傍晚，几十株樱花正在绽放。

"我讨厌樱花！"莲藕妹说。

"为什么？这不是挺美的吗？"

"樱花开的时候，我总是得支气管炎！"

王妃感到莲藕妹的小手掌已经开始发烫，好像是发烧了，于是赶快带她走进公园旁的旅馆。

不知道大家现在怎么样了……

王妃开始担心分散在各处的蔬菜们，毕竟能守护蔬菜生命的圣诞老人的魔法水瓶在她这儿。

——等安排莲藕妹睡下后，我再到镇上走走，找找看。

可是，莲藕妹不仅神经质，还善于看透别人的心思，她怎么都不肯睡着。

等到王妃好不容易听见她入睡的轻微鼻息声时，已经过了深夜十二点。

这么晚了，出门也没用。但是王妃想整理整理思路，想想接下来该怎么办，因此还是来到公园里，漫无目的地走了起来。

赏花用的雪洞灯照耀着犹如白色山丘一般盛开的樱花。

对面走来一队黑影，脚步翩然，十分奇怪，于是王妃一动不动地凝视着他们。

红色西装和白色西装夹克手挽手地走过："晚上好。"

原来只是衣服而已。

"哎呀，好奇怪。"王妃瞪大眼睛一瞧，到处都是外套、长裤、大衣和夹克欢笑着轻飘飘地在漫步。

"哎呀，好奇怪。"模仿她说话的，是一顶像蟾蜍似的在地上一蹦一蹦的高筒礼帽。

"大家这是在干什么呀？"

"散步呀，太太，还是该称呼您小姐？"一条立领浅蓝色连衣裙飘然而至，"我们是头一次出门，兴奋极了，看什么都觉得稀罕。"

衣服的数量在不断增加。

有的衣服叉着胳膊坐在公园的长椅上。樱花花瓣落在一件衣服上，另一件衣服便伸出胳膊帮她拂去。

还有童装从滑梯下面倒着向上爬。

跷跷板和秋千上也有漂亮的衣服在玩耍。

有件外套想要喝水，刚拧开水龙头，就被高高喷起的水柱吓得猛然跳开。

王妃走向一群和自己年龄相仿的人穿的衣服，说："晚上好。你们玩得真高兴啊。"

苗条的粉色西装点点头说："都不知道有多少年没呼吸过这么新鲜的空气了，还能欣赏这么美丽的樱花。我们一直站在商店的橱窗里，都站了五六年了。"

"我们是没被买走的衣服，一辈子都看不见外面的世界，太不公平了。"一件带防风斗篷的鲜艳黄色冬季西装说。

"幸亏他把我们放出来了。他说不应该这么待着，让我们到外面去走走，多认识朋友。"

白银王妃朝着衣服们指的地方一看："哎呀，胡萝卜仔！"

夹在一件白色毛衣和粉色半裙之间的，正是胡萝卜仔，他正高高兴兴地朝这边走来。

认出白银王妃的胡萝卜仔害羞地躲在毛衣身边，等恢复平常表情后，才板着脸说："事情没搞定。西红柿阿姨被送到俘虏收容所去了。"

"啊！"

据胡萝卜仔说，饭团子队长其实知道他俩不是汉堡包的同伙。可是审讯的时候，西红柿阿姨用特别难听的话谩骂饭团子，搞得队长大发雷霆：

"这是侮辱饭团子军队的罪行，要上军事法庭的，把她关进收容所！"

于是，西红柿阿姨被饭团子士兵们抓起来，而胡萝卜仔则被释放了。

"我是正大光明地跨过三月桥走过来的。"胡萝卜仔略显得意地说。

"先不说这个，你快讲讲，是怎么跟这些衣服认识的吧。"

"有家服装店的老板娘到饭团子军队来卖衣服。我对她说，如果交给我的话，我可以把所有的衣服都卖掉。她问我打算怎么做，我告诉她，商店一关门，就让没卖掉的衣服到外面去玩。这样一来，他们就会重返青春，不仅颜色变得鲜艳，还很有精神，一定能卖掉。"

"哦，是吗？你能说这么多话！那么，胡萝卜仔，你到这里来的路上，有没有见到其他蔬菜呢？"

"见到了呀。"胡萝卜仔很干脆地回答道，"我见到了圆白白、菠菠妹，还有梅干奶奶。"

"你为什么没带她们一起来呢？"

"因为跟她们待在一起不好玩呀。"

这就是胡萝卜仔的答案。

"而且，我不知道究竟算谁找到谁的。我觉得她们肯定也正在生气呢，怪我怎么不跟她们走。"

她们一定是想去寻找领导玉米斯基。可是，王妃心里没底，她不知道玉米斯基得发挥什么样的聪明才智，才能让大家再次集合。于是，她对胡萝卜仔说："胡萝卜仔，我们把这座公园当作集合地点，设法把大家都叫到这里来。加上莲藕妹，这里现在已有三个队员了。"

"我们怎么找大家呢？"

"我们请这些整晚四处飘荡的衣服帮忙吧。"

此时胡萝卜仔已经走得筋疲力尽，所以王妃让他回旅店照顾莲藕妹，自己去南部一公里外的原野，据说圆白白和菠菠妹刚才在那里。

独自走夜路挺孤单，王妃便问衣服们："有谁愿意跟我一起去吗？"

"去。"

"去。"

"绝对要去。"

他们就像要去远足的孩子，一下子围住了王妃，然后跟着她走。他们被关在屋子里太久了，非常享受户外的漫步。

王妃想起了小时候自己穿过的水獭皮领大衣和绣着大苹果的黑色天鹅绒外套。

那些衣服一直被收在某个地方，也许正感到无聊和悲伤。

——下次回去，必须让他们像这些衣服一样看看外面的世界。

很快，半轮明月从东边爬到了森林上空。

"这里，这里。"不知是谁在喊叫。

"有谁在喊？"衣服们竖起了耳朵。

原野上有一栋低矮的建筑物，声音就是从那里传来的。

"这里，这里。"

大家飘舞着奔向昏暗的建筑物。

"哎呀，好臭！"

王妃不由得捏住了鼻子。

"天呐，有好多！"

那是一座养鸡场。成千只纸折成的鸡被关在这里，一动也动不了。

"好可怜啊！"

"太过分了！"

衣服们愤慨万分。

"我们过得也没有这么惨。把他们放出去吧。"

小鸡们也摇头晃脑地求救。

鸡舍窗户的铁网有一处破了，王妃把胳膊伸进去，用尽全力把网子摘了下来。

"喔喔喔！"小鸡们欢声四起，像落花飞雪般从窗户里蹦了出来。

在沐浴着皎洁月光的原野小道上，卖不掉的衣服们和纸折的小鸡们时而在前，时而在后，互相追逐着，彼此唱和着，热闹非凡。

荷花田里飘来清香。

"哦，对呀，小鸡们！"王妃喊起来，"请你们也帮帮忙，找找我的蔬菜朋友们！"

毕竟小鸡们数量庞大。

天亮之前，所有的蔬菜都在公园集合了。

蔬菜们高声诉说着再次相会的喜悦之情。

"我降落在一片水田中，田里开满了雪白的小豆蔻花。然后，一个有胡子、长相奇怪的家伙不停地挠我痒痒，想钻到我的肚子里去。原来那家伙叫泥鳅。他挺喜欢我的，我走到哪儿他都跟着我。"豆腐爷爷说。

"我们真是吓坏了！"圆白白和菠菠妹抢着说。

"我们落在看上去很柔软的绿草地上。我们问，你是谁呀？"

"他们说自己是乌鸦豌豆和麻雀豌豆。糟了，我们心想，乌鸦和麻雀说不定什么时候就会来呢，于是赶紧拼命逃走了。"

"然后，我们跑到了另一种草跟前，可是他又叫麻雀枪！"

"我们只好再次逃走。好不容易在艾草丛里打个盹儿，小鸡又来啄我们的脸，吓得我们直跳。"

"哈哈哈！"梅干奶奶笑了，"我在荷花田里，就这样盘腿打坐。一大群蜜蜂飞过来吸食荷花蜜。嗯，一言以蔽之，他们是在劳动。可有一只冒失鬼舔了舔我，大吃一惊地说：'好咸呀！'笑死我了。"

大个子也说："我还想和问荆的小苗苗多玩会儿呢。对于他们来说，我就是从天而降的英雄。"

芝麻妹也忍不住讲起自己的经历："我掉进了黑漆漆、滑溜溜、软绵绵的东西里。那是一片挤满了好几十万只蝌蚪的池塘。我掉下去的时候，好像把一些蝌蚪砸成了重伤。那帮家伙一点儿都不可爱，说要去法院告我。明明还是些小不点儿呢。我狠狠地教训了他们一顿，说他们睁着眼睛，难道还看不见上面有东西掉下来吗？丁点儿大的身体，还傲慢得很。所以我把他们都踢飞了。"

"这样一来，先前的班底又回来了。只不过，西红柿阿姨不见了，这大概就是唯一的改变吧。"葱仔挖苦道。

葱仔落进了杉树林，被挂在了树梢上。他抱着杉树粗壮的树干滑到地面时，把双膝蹭破了。

这可把杉树气得直吼道："哼，臭烘烘的家伙，恶臭刺鼻！"

那句话是极大的侮辱，直到现在，葱仔想起来还很不高兴。

"快快快茄子怎么样了？"玉米斯基问。

"刚才还在那里呢，大概是为明天养精蓄锐去睡觉了吧。他向来喜欢准备周全。"梅干奶奶回答。

卖不掉的衣服们彻底恢复了健康，活力十足地站在店里，很快就一件件被卖掉了。

服装店的老板娘非常高兴，给蔬菜们送来了春装作礼物。

9.
沙漠里的学校

"该不会让我们过那种桥吧?"

"可是，这就是第四座桥，千真万确。"

圆白白和菠菠妹俯视着前方树丛间的可怕吊桥，小声地交谈着。

"路好像是通往那个方向的。"

"我觉得好可怕呀。"

"既然快到桥头了，那么这次该换谁当领导了?"

"是快快快茄子。"

"快快快茄子肯定会决定过桥的。"

山上的树木刚刚萌发嫩芽。桤叶树抽出橙色的新芽，灯台树露着翡翠绿的新叶，而栎树一身灰绿色……景色十分美丽。但是，大家的视线集中在吊桥上。

当大家看见道路笔直向前延伸，而向侧面俯身才能看见吊桥的时候，都不禁松了口气。

"那种东西，根本就不能称之为桥！"玉米斯基说。

"那该叫什么呢？"

"桥的影子、桥的镜像、桥的幽……"葱仔说，"或者，是猴子的桥！"

当时，大家尚不知道这将是多么贴切的表达。

然而，道路突然来了一个急转弯，开始下坡了。

刚才看起来细如白色丝绦的谷底溪流，再一次响起潺潺的水声。

"这条路该不会又绕回去了吧？"芝麻妹问道。可是队伍里谁也没有回答她。

"难不成……"菠菠妹自暴自弃地说，"我们害怕的事情还是要发生了？"

"快看，那里开着三叶杜鹃呢。"王妃指给莲藕妹看。

"明净的牡丹红，真漂亮。"

王妃也不愿面对逐渐逼近的现实。然而，吊桥终于出现在不断下降的道路前方。

这座桥看起来就像是用藤蔓编成的梯子，荡在山谷中。用来当扶手的藤蔓只在右侧才有。

岩石边上立着一块牌子：

死月桥 [1]

过桥者一次不能超过十个。

"走吧，过……过桥。别看下面！"快快快茄子作为领导提示了注意事项。但是这恐怕办不到。吊桥网

———————

[1] 日语里"死月"和"四月"发音相同。

眼粗大，如同网兜，如果不看下面，很容易踩空。

"一次不能超过十个，就是说十个是可以的，对吧？"莲藕妹问道，她的脸色比平常还要苍白。

"我们有十二个呢，怎么办？"

"莲藕妹浑身是洞，体重轻，可以忽略不算。"芝麻妹说。

"我……我最后一个走。"快快快茄子说道，似乎感受到了作为领导的责任。

队员们牢牢抓住长约二十米、摇摇晃晃的吊桥，开始过桥。除了大个子、葱仔和胡萝卜仔，其他蔬菜全都手脚并用。

就连粗鲁的大个子，也实在顾不上摇晃吊桥来开玩笑了。只有葱仔说："领导提醒大家，不许看下面。过桥的时候不要看哦！"

"别说了！我害怕！"圆白白带着哭腔说。做任何事都喜欢打前锋的玉米斯基走在队伍最前面，过了一会儿他停下来回头看，因此大家都不能向前走了。

"怎么了？"

"不清楚。快走，快走！"

"喂，前面的，快走呀！"

这时候，走在队尾的王妃回头一看，叫起来：
"不——要——害怕，没事！"

因为快快快茄子伸手扶住了吊桥。

大家听见王妃的声音回头一看，都发现快快快茄子想要过桥。

"快快快茄子，别过来！"

"傻瓜！傻瓜！傻瓜！不许过来！"

可是，快快快茄子看上去急不可耐，似乎想不顾一切地追上来和大家在一起。他的一双小眼睛流露出恐惧和责任感交织的慌乱眼神。

"那个急性子男人，他等不及了！"

"扑哧……扑哧……"突然，大家听见一种奇怪的声音，一股惊愕感从身体的某个黑洞深处涌上来，撕裂着身体的一根根肌肉。这种感觉让他们都快要窒息了。

"啊！呀！"大家这么喊叫起来的时候，已经随着藤蔓荡入了空中。

接着，谷底的山流眼看着越来越近，可突然又变成了山上的树木逼近鼻尖。

好一会儿都没有任何声音。

"阿弥陀佛，阿弥陀佛，大家都死了。"直到听见梅干奶奶嘶哑的嗓音，白银王妃才坐了起来。

立在眼前的圆白白，睁大圆眼睛对王妃说："你的鼻子上有块泥巴。"

因为快快快茄子踏上了桥，所以吊桥不堪重负地垮了。幸亏藤蔓断掉的位置是快快快茄子站的那个地方，所幸大家都牢牢抓住断裂后的吊桥，队伍才像荡秋千一样撞上了对岸的峭壁而没有掉下悬崖。

现在，蔬菜们一个接一个地苏醒了。

唯独没有看见快快快茄子。叫他也没有回应。有可能是撞在岩石上丢了命，也有可能是松手后掉进河里送了命。

"总之，他独自在后面，和我们有一定距离，应该是落在更靠下的地方了。"

健壮的大个子抓住树木，向河床边攀爬下去找他。

不久，大个子嘟嘟囔囔地回来了。

"找到了吗？"

"他在河边洗衣服。"大个子说。

"现在洗衣服？接下来就要爬这座山崖了。"葱仔笑了。

也许是因为在吊桥上有过濒（bīn）死体验，所以大家都不觉得抓着树枝在峭壁上攀爬有什么可怕。

再次回到路上，大家很快就走进了一条石头隧道。远远的出口是个隐隐约约的小白点。隧道大概有两三公里长，这次快快快茄子一马当先。

出口的白色光芒转眼间就变大了。

"哎呀，那不就是出口吗？"

忽然，四周变得灰扑扑的，鞋子底下就像踩着软绵绵的尘埃。

细小的沙粒从隧道出口吹进来。然后，这些沙粒累积起来，在出口附近堆成了缓坡，因此光线几乎照射不进来。也就是说，出口几乎快被沙子堵住了。

而且，这些沙子很奇怪，蓬松而柔软如同毛线絮，不停地从出口钻进来。

快快快茄子的两条腿都陷在及膝高的沙堆里，他开始刨沙子，想把出口露出来。

"我就像一只挣扎的蚁狮。"

"喂，蚁狮，外面是什么样的？"豆腐爷爷问。

"还不知道。沙子是茶色的、巧克力色的。"快快快茄子爬了上去。

"喂，能看见什么吗？"

"什么也看不见。"快快快茄子说。

王妃拉着莲藕妹的手，最后一个钻出了隧道。外面仍然是沙子堆出的陡坡。

"喂，你到最上面了吗？"她听见玉米斯基在前面问。

"还没有。"快快快茄子说。

整支队伍从褐色沙子山的山脚向上爬。这个世界一望无际，只有软绵绵的奇怪沙子。沙子淹没了膝盖，而且风刮得沙子乱飞，连眼睛都睁不开。

"我们是来到沙漠了吗？"莲藕妹心虚地说，"我的左脚大拇指，去年得风湿的地方还在疼呢。"

"到了！"快快快茄子叫起来。

"有什么？"

"楼房。"

"原来是一座城市呀。"

"好多楼房！"

队伍的成员挨个到达沙子山的山脊上。然后，他们像看海市蜃楼似的，茫然地眺望着在脚下展开的风景，那是一栋又一栋一模一样的灰色四方形楼房。

那一百余座楼房全是三四层的，看起来与大家熟悉的"那种房子"很像。尤其是那一排排窗户。

"屋顶上有风速计。"大个子有气无力地说，"这些就是那种房子吧，你也这么想吧，葱仔？"

葱仔吐出一句话："这有什么稀罕的。不就是那种

有校长、教导主任、老师之类的动物乱哄哄蠕动的楼
房嘛。"

"那些楼房，全都是吗？全都是那样的吗？"

"全都是。"

"难以置信，这是多么可怕的景象啊。"

大个子舔舔干燥的嘴唇，说："我真想跳过这座镇
子啊。"

很快大家就发现，这是办不到的。

沙尘暴来了，眼睛睁不开，嘴巴张不开，大家只好跑到了到处是楼房的镇上。

那些楼房果然都是学校。学校的隔壁是学校，学校的对面是学校，学校的后面还是学校。

既有"烹饪学校""摄影学校"这种常规的地方，也有"打哈欠学校""找借口专业学校"之类荒诞无稽的地方。

大家一边走一边观察不断出现的校名。突然，一只猴子蹦了出来，他的手臂上还戴着"辅导员"字样的白色袖章。

"你们是哪儿的学生？"他问道。

"哪儿的学生都不是。"大家回答。

猴子一听，喋喋不休地唠叨起来："既然来到这座镇子，就必须去某所学校上学。"

可是，谁都不想去上学，于是大家试图从学校的谷地爬到沙丘上去。可是，每次向上爬，都会被吹得睁不开眼睛的沙尘暴刮回来。然后立刻就有猴子辅导员跳出来问大家是哪所学校的。

猴子们从所有东西背后轻盈地蹦出来。搞不清到底有多少只。他们全都是用橡皮擦做的。

"你们赶快决定上哪所学校。"

"不上学的话，就不能待在这里。外来者必须出去！"

见蔬菜们磨磨蹭蹭，猴子们挥舞起竹竿吓唬他们。

蔬菜们被逼无奈，只好去上学。

"这里简直就是地狱！"

"可是没办法啊，随便找个地方去上学吧。"王妃说。

快快快茄子听了这话道："怎么能随便找个地方呢。学校是相当重要的。择校的首要条件是可以尽快毕业。"

这时候，一只猴子跳出来说："既然这样，我们学校就很合适。我们学校的校名叫迅速小学，它可以让学生在短时间里学会丰富的技能，这一点是全世界首屈一指的。"

另一只猴子说："不对，不对，并不是越快越好哦。学习就应该坐下来踏踏实实、孜孜不倦地学。这一点，我们孜孜不倦学校就……"

"快的更好！"快快快茄子做出了决定。队伍中没有一个反对。

"那么，请大家办理入学手续。"

大家被领进了迅速小学老旧的三层楼房，成了那里的学生。

橡皮擦猴子老师带他们来到宿舍，说道："你们讨论讨论，如果今天晚上发生火灾该怎么办，然后总结一份逃生计划书。"

半夜里响起了尖锐的警铃声。猴子老师们"砰砰"地敲着水桶大吼："着火了！着火了！立刻逃生！"

大家睡眼惺忪、迷迷瞪瞪地跳起来，冲到走廊上，跑向运动场。等候在那里的猴子老师见他们跑来，按下秒表，在纸上填写好"九秒""十三秒"这些数字。原来，这就是体育课的五十米跑。

来到运动场，老师让大家抬头看天空，观察星座。接下来又用铝饭盒做饭，最后宣布结束夏令营。

天亮时，老师终于允许大家睡觉。可是大家刚刚开始打盹儿，广播体操的时间就到了。刷好牙走进食堂，说完"我们开始吃饭了"，刚张开嘴，一位穿着白大褂的牙医就走进来说："停下！就这样，就这样，张着嘴别动！"原来是要进行牙科检查。

教科书的第一页是从"你好见"这句寒暄语开始的。

"在路上遇到熟人，问声'你好'就走是不合理的。说完'你好'，接下来必须说'再见'。这两个词语结合起来就是'你好见'。"猴子老师这样解释。

这所学校的课程就像炖杂烩，所有科目都混在一起。例如，学习"云"这个字的时候，书上还画着很多云的形态，有圆形云朵、菱形云朵等。

"圆形云朵比菱形云朵多几朵呀?"老师问道。大家一听，以为是到了数学课，可老师立刻又说:"请在书上画云的影子。"这是又开始上自然课了。而且，一旦有写错的地方，老师伸出手指头，用橡皮擦做的手指蹭几下，那里就立刻擦干净了。

"哦，原来这就是那些奇怪的沙子呀。"

王妃终于恍然大悟。学校周围的沙漠，原来就是猴子老师们擦出来的橡皮擦碎屑堆成的。

到了休息时间，大家一边唱歌一边在校园里走，这是兼作远足的音乐考试。

吃饭的时候，响起了运动会的进行曲，比赛边吃面包边跑步。

一整天，猴子老师都尖声叫嚷，不停地批评学生，然后一有空就煽动大家:

"打起精神来! 吵吵架!"

第七节课刚开始，猴子老师就递给快快快茄子一张纸，命令他:"已经确定你为毕业生代表了，写个答谢词的草稿吧。"

就连急性子的快快快茄子都吃惊得说不出话来。

猴子老师较为认真地带大家走了一遍毕业典礼的程序。

"这时候要一起吸鼻涕。在这儿，圆白白，你要忍不住'哇'的一声哭出来。然后，大家跟着一起哭。好，来试试。"

快快快茄子写了一份出色的答谢词。

真正的毕业典礼立刻就开始了。

"我不由得想起那一天，我们小小的肩膀上背着双肩书包，心情激动地走入学校。仿佛一切就发生在昨天。"

蔬菜们忍不住笑出声来。因为走入学校真的就是在昨天。可是，超过五十只猴子老师表情极其严肃，一动不动地倾听快快快茄子的发言。

"运动会令人怀念。我们还经常吵架，惹老师生气。星座观察、野营训练……活动不计其数。啊，儿童时代逝去得太快，一想到就要和各位老师分别，我们就充满忧虑，不知今后应该朝着什么目标前进。可是，我们……"

就像练习的时候一样，圆白白此刻"哇"的一声哭了起来。在下一个瞬间，意外的事情发生了，五十位猴子老师也一起"嗷嗷"地放声大哭。蔬菜们一开始大吃一惊，但是很快就沉默了。想起来，虽然只有一天，可是猴子老师们的确是兢兢业业。

他们每一个都得到了一份毕业证书。透过光，能看见证书上印着学校镇的全景地图。

"啊，仔细看看这份地图，就可以找到下一站五月桥了。"王妃想。

"老师不愧是老师呀。啊，了不起的人才呀。"玉米斯基钦佩地喃喃自语。

"我们还是很受他们照顾的。"圆白白也说。大家都被老师们的眼泪彻底感动了。

于是，蔬菜们在教室的墙上、桌上、柱子上，甚至从门上到地板上，到处都密密麻麻地写下了对这所迅速小学恩师们的衷心感谢。

"可怜的橡皮擦老师，为了教育我们，真的是在消耗自己的身体啊。"葱仔撇撇下嘴唇嘟囔道。

尽管这样，鞠躬尽瘁的教育者猴子老师们，第二天依然拖着筋疲力尽且变短了的胳膊腿，把启程的毕业生送到了沙丘的山坡上。

"遇到困难的时候，我们随时都会鼎力相助。"

"一定要来找我们帮忙哦。"

现在，他们已经远离了沙尘暴沙漠，橡皮擦猴子老师们还一直伫立在原地向他们挥手。

10.
龙的古老寺庙

    莲藕妹牢牢地抓住哮喘和风湿这两种基础病不放，而且，还时而感冒，时而支气管发炎，时而扁桃体发炎。

    "一到换季的时候，我的身体就垮了。"莲藕妹这样解释自己的身体状况。不过照她的说法，任何时候都在换季。

    情况就是这样糟糕，运气好的时候，王妃可以牵着莲藕妹的小手，运气不好的时候，就得背着十岁的莲藕妹走。

"西红柿阿姨现在怎么样啊?"

尽管平常西红柿阿姨总是毫不留情地批评莲藕妹,说她没用,说她根本就是懒,此刻的莲藕妹还是担忧着西红柿阿姨。

"下一座桥肯定也有饭团子兵。到时候我们问问西红柿阿姨的情况。"王妃安慰莲藕妹。

"胡萝卜仔真过分!"莲藕妹嘟囔道。她是在责怪胡萝卜仔把西红柿阿姨丢下,独自过了桥。

"那也是没办法啊。胡萝卜仔哥哥肯定是想通知我们这件事啊。"

其他蔬菜都不太关注莲藕妹。

王妃为莲藕妹写了一首歌:

精力充沛的星期一

赛跑快的星期二

爱游泳的星期三

食欲旺盛的星期四

爱远足的星期五

蹦蹦跳跳的星期六

只有星期天在休息

结果，可恶的莲藕妹编了一首歌和王妃对着干：

星期一吐了

星期二发烧了

星期三衰弱无力

星期四虽然很能吃

星期五坐上了黄金车

星期六埋在了土里面

根本就没有星期天

很快，五月的白色铁桥出现在眼前。和王妃预想的相反，桥上连个影子也没有。

"这次轮到谁当领导了？"

"菠菠妹吧?"

"原来是你呀。"

听到蔬菜们这样说,穿着绿色水手服、戴着绿色领带、梳着马尾辫的菠菠妹犹犹豫豫地走到了队伍最前面。

"等等!"王妃拦住蔬菜们,"西红柿阿姨怎么办?我们就这样丢下她不管了吗?上一座吊桥和这次的桥,都是既没有饭团子也没有汉堡包,这说明离战场越来越远了,对吧?你们说,西红柿阿姨该怎么办?"

蔬菜们被戳到了痛处,都不悦地闭上了嘴。

"那你说怎么办?回去吗?"大个子生气地问。

"我反对回去。"快快快茄子瞪着眼睛说,"首先,吊桥都已经垮了。"

"白银小姐,我们也是无计可施嘛,并不是丢下她不管。那你说说,我们还有什么办法?大家都很挂念她,可是想不出办法呀。"梅干奶奶劝慰道。

"那家伙,就是个没用的。"葱仔瞟了一眼远远站着的胡萝卜仔。

大家都想把西红柿阿姨被饭团子士兵抓走的责任推卸到和她在一起的胡萝卜仔的身上。胡萝卜仔也感受到了这一点，"哼"了一声扭头看向其他地方。

整支队伍都闷闷不乐地注视着五月桥。

"怎么办？菠菠妹，你来决定呀。"

"只能顺其自然啰。"菠菠妹说着开始过桥。

"我们给西红柿阿姨留张字条吧。"莲藕妹声音虚弱地说，"她看到了一定会很高兴。"

"好主意呀，莲藕妹。"豆腐爷爷佩服地说，"就像在迅速学校里写写画画一样，我们接下来一边走，一边给西红柿阿姨留言吧。"

"这样一来，那个傻瓜也能明白大家有多担心她，会感谢我们的。"梅干奶奶说。

过了桥，大家来到了一片森林里。

五角枫开满了黄色的花。厚朴木兰就像动物生小崽子一样，萌出了淡茶色的柔嫩新芽。山毛榉的嫩叶也撑起了伞。在距离地面近的地方，野草莓的白色花朵和酢（cù）浆草的浅紫色花朵竞相绽放。

比起让人步履蹒跚的橡皮擦沙漠，这是一条非常好走的路。唯一头疼的是，这条路总是不停地分岔，而且每一条岔路都一样宽，完全无法判断哪一条才是主路。

"只能听天由命啦。"菠菠妹本来就是容易放弃的性格。她一会儿直走，一会儿转弯，没有任何方向。

"走哪边都行。"梅干奶奶提醒道，"但是，我可不愿意一回过神来发现自己还傻乎乎地站在原地。"

"这种森林，免不了有坏心眼的狐狸和狸子呢。"玉米斯基告诉大家，他读大学的时候，在一个雪夜里上了狐狸的当，结果一直在同一个地方转圈圈。

"如果换成狸子，就会让你在同一条路上来来回回地走。"

"还有什么会骗人呀？"莲藕妹被勾起了兴趣。

"还有貉子。要是上了他的当，就会画着'8'字

140

地走。"

"哦。还有呢?"

"你别瞎编故事给小孩子听。"葱仔插嘴道。

"我没编,那是真事!"

"谁能证明你读过大学呀?"

玉米斯基哈哈大笑:"我毕业的大学有三所呢。"

"吹牛大学、撒谎大学、胡说大学,你都是以第一名的成绩毕业!"豆腐爷爷说。

"爷爷,你今天一点儿都不留情面呢。不过,莲藕妹,大森林里总是有妖怪的,最好小心点儿。"

队伍连续好多天都在同样的风景里不停地走。脚边必然有绽放的草莓花、茂盛的凤尾草,头上也一定有小鸟在无忧无虑地歌唱。

有一天,一座深藏于林间的建筑物出现在眼前,像是座古老的中国寺庙。朱漆墙壁上雕刻着盘旋的飞龙,青瓦屋顶高高地翘起长屋檐。

庙里鸦雀无声,好像一个活物都没有。

“我进去看看吧，说不定有好东西呢。”梅干奶奶说。

梅干奶奶用身体推开沉重的铁门。铁门发出刺耳的嘎吱声。

“啊，没关系，我们的队员有一打呢。”玉米斯基说着，没脱鞋就踏上了凤凰图案的红色地毯，走进了大厅。

大厅正面挂着一块牌匾，但是只有框，里面是空的。

“被小偷偷走了啰。奶奶，有人抢在你前头了。”

一听这话，梅干奶奶格外严肃地摇摇头：“我说你呀，比我的眼神还差。如果是小偷，肯定会把框子拿走的。那个框子可是纯金的！”

“啊？”圆白白感叹道，“这里到底是谁的家呀？有王子吗？”

“我估计恰好相反。”豆腐爷爷说。

“要我看，这里说不定是小偷的藏匿之处呢。我也是刚刚才意识到。你们觉得呢？对吧？对吧？"大个子用单纯的眼神环视大家，"对吧？"

"这一点，谁都觉察到了。"芝麻妹不耐烦了，"不要发生可怕的事就好。"

"那么，如果在房子里仔细找找，是不是有可能发现珍珠项链、祖母绿头冠、十克拉钻石、红宝石戒指、翡翠香炉和土耳其玉手镯呢？"

圆白白激动得连眼珠子的颜色都变了。

"来，我们把地毯掀开看看吧。底下肯定是通往地下室的秘密入口。"

菠菠妹已经打开了壁橱。

"这是什么？"

里面卷着一面三角形的红旗。展开一看，红色的旗帜上，是一行生龙活虎的白字："海盗龙大王。"

不安变成了现实，大家都沉默了。梅干奶奶悄声说："所以才在森林里修了一条迷宫似的路。"

"这里离大海近吗？"王妃喃喃自语。掉进一年牢的时候就是在海上。所以王妃猜想，回去的时候应该也是在海边。离大海越近，距离归家的日子也就越近吧。

"河里的强盗也叫海盗吧？"芝麻妹说，"毕竟'河盗'这个名字叫起来太不响亮了。"

这里一直都很安静，说明海盗现在不在家。

大家又打起精神来，到处寻找可能藏有宝贝的地方。只有快快快茄子显示出了他的自我约束力，他完全不参与寻宝活动。

"我认为拿走强盗东西的人，也是强盗。"快快快茄子宣布了他的信念。

大个子终于发现了阁楼，就在黄金牌匾的背后。那或许并非牌匾，而是类似门的东西。

可是，在阁楼里发现的东西只有木桌子和木椅子。

他们在木桌子的抽屉里发现了一张地图，上面有些用红笔标出来的地方。正中央是一条叫作一年河的大河。很多河流汇入这条大河。标红的地方大多处在与一年河交汇的支流稍偏上游的位置。

比起海盗龙大王的密室，这里更像长期独处、在野外工作的土木工程师的住处，空空荡荡且孤单寂寞。

一件宝贝都没有找到。

"啊！"

大家听见圆白白在屋外发出一声惨叫，不由得脸色大变，冲了出去。

只见圆白白摔了个屁股蹲，正坐在地上指着上方。

在交错的树枝间，一个骷髅头正散发着银白色的光。

"那里、那里也有……"

三个，四个，五个。

死在海盗龙大王手里的人变成了骷髅，这些骷髅正从四面八方恶狠狠地瞪着他们。

蔬菜们吓得拔腿就逃。

风刮得越来越猛，每当森林里的树木"哗啦哗啦"摇动时，大家都胆战心惊，担心是龙大王追来了。

"从这条路逃跑不会有问题吧？"

"这条路也好，那条路也罢，没有一条路是安全的！"

三天过去了。

就在大家放下心来的时候，莲藕妹突然叫道："哎呀，果然有狐狸呢。玉米斯基叔叔没骗人。"

"你说什么？"

"我们好像是绕了一个圈又回来了。"

莲藕妹指着旁边的鹅耳枥，那灰色的树皮上有道裂纹，旁边画着一个带番号的箭头，是莲藕妹给西红柿阿姨留下的。从番号来看，这里是早在五天之前就路过的地方。

王妃见此情形，沮丧地一屁股坐在地上。

就在这时，他们察觉到远处的树丛里似乎有一个蓝色的东西在移动。他们立刻就明白了，那是一个格外庞大的生物。

大家冻僵了似的，一动也动不了。

“是龙大王。快看，好大呀！”大个子战战兢兢地嘟囔道。

龙大王正在林间道路中缓慢穿行。他的每一块鳞片都大如青瓦，闪闪发光。突出的黄色大眼珠，绛紫色的闪亮长角，嘴边长着两条鞭子一样的柔软胡须，尖锐的獠牙从半张开的下颚处露了出来。

虽然看上去威风凛凛，可他不断地左顾右盼，东张西望，惴惴不安。

“喔——！”龙大吼一声。

“喔——！”就像在听回声一样。

莲藕妹“扑哧”一声笑了出来。

“嘘！”

可是，龙已经渐渐地向这边走来。

“这下可麻烦了。”他嘟囔着。

“他说，这下可麻烦了。”莲藕妹在王妃的耳边说，“他说遇到麻烦了，那我们该怎么办？”

“龙嘛，让他遇到点儿麻烦也没关系。”

"可是，他多可怜呀，好像真的遇到麻烦了。"

王妃仔细观察龙的脸。他的大眼睛没有光彩，神情十分沮丧。

"看他的样子，不像真有麻烦啊。要是真遇到麻烦，通常都会唉声叹气的。"

话音刚落，龙就深深地叹了口气。

"你瞧，这不就叹气了？"莲藕妹大声说，"叔叔，你遇到什么麻烦了？"

龙吃了一惊，朝这边转过头。然后，他用巨大的身体"哗啦哗啦"分开草丛奔过来。他肯定有八米长。

"哇！"蔬菜们全都四散而逃。

"等等！等等！"龙大吼起来。

首先站住的是被莲藕妹拽回来的白银王妃。

"你们在附近看到过一座古寺吗？"龙圆鼓鼓的大眼睛流露出既为难又害臊的神情。至少他完全没有攻击大家的迹象，所以王妃也恢复了镇定，问道："你说的是红墙绿瓦的寺庙吗？"

"对，那是俺家。"龙说。

看见王妃默默不语，龙越发害臊了："我找不到回家的路了。为了不让人找到我，我故意把路修得像迷宫一样。"

不知何时，蔬菜们都战战兢兢地回来了，围住这条龙。

"是那种会喷火的龙吗？"梅干奶奶歪歪脑袋，"看着面善，不像是会喷火的呀。"

龙呼出一口气，橙色的火焰喷出来，四周凤尾草的叶片都卷了起来。

"再喷大点儿。"豆腐爷爷说。

这次龙喷射出熊熊燃烧的蓝色火焰，把凤尾草全烧焦了，飘起了白烟。

"真家伙。"大家都很佩服。

龙说道："怎么样？俺家，大家知道在哪儿吗？"

"知道。"莲藕妹说着，走到近处的树干旁，上面有她留下的箭头。

"按照这个箭头的番号顺序走，就能找到。箭头都标在跟我差不多高的地方。"

龙不禁露出了微笑。

豆腐爷爷说："这回轮到我们提问了。有什么好瞒的，我们和你一样，也迷路了。你知道怎么去六月桥吗？"

"到家我就告诉你们。"龙说，"从我家出发的话，去哪里的路我都知道。"

于是大家又跟着龙折返了。

"这条龙真的就是海盗大王吗？"菠菠妹提出了疑问。

龙流露出历经沧桑的神情说："过去，我是个翻天覆地的海盗，大家都害怕我。现在，我依靠昔日的余威来阻止战争的发生。"

"对了，我们的一个伙伴被饭团子军队抓起来了。"芝麻妹说，"饭团子和汉堡包不就正在打仗吗？"

"他们还没真打起来呢。"龙满不在乎地说，"要是真发生大规模战争，我会阻止他们的。"

"怎么阻止呢?"

"把上游的大坝都毁掉，一年河就会涨水，所有的桥都会被冲垮。那样的话，他们哪里还打得了仗啊。"

王妃明白了，刚才那张地图上的红色标记就是大坝所在地。

大家又一次来到龙的古寺。

龙把去往六月桥的路线详细地告诉了大家。

然后，只听见龙的爪子发出"咯吱咯吱"的声音，一转眼，龙已经爬上了墙，钻进了纯金的匾额里，完全蜷起了身体。

很快，他就面孔朝着大家，闭上眼睛睡着了，变成了一幅漂亮的画。

也许在那幅画的背后，他巨大的身体和尾巴占据了整个阁楼。

11.
萤火虫之家

阴天和细雨霏霏的日子多了起来。

树木的嫩叶很快就变得茂密，森林里的道路也越发昏暗。

正因为如此，当有一天突然来到森林的尽头，眼前出现一条宽阔的大河时，大家都感到心情舒畅。

"万岁！"大家欢呼起来。

那一天晴空万里，水量充沛的蔚蓝色河面倒映着空中的白云。

"看来这是一年河的主河道了。"

还没走上几步，他们就立刻找到了六月桥。但是，桥中间缺少了大约二十米。

也许是被洪水冲走了。

桥头有一块牌匾，上面写着"临时渡船"。一名汉堡包士兵正百无聊赖地站在牌匾边。

六月的领导是梅干奶奶，她连忙跑过去问："你是船老大吗？"

"我不是船老大，我是士兵。"

"船老大在哪儿呢？"

"没有船老大。"

"没有？可是，这里不是写着有渡船吗？"

"你们想去对岸吗？"汉堡包问。这个士兵和以前见过的不一样，手里空空，没有拿叉子枪。

"我们有十二个。"

"能坐下吧。"士兵说着，指着一艘破旧的船示意让他们坐。

"你是船老大吧？"梅干奶奶又一次问道。

"你这奶奶真啰唆。我不是船老大。只不过长官命令我，如果有旅客来，就把他们送到对岸。"

"哦，也就是说，是免费的对吧?"梅干奶奶立刻和蔼可亲地笑起来，"嗯，你真是热心肠啊，是个了不起的队长。那这座桥是什么时候被冲走的呢?"

"不是冲走的。是我们故意拆毁不让过的。"

"哦，是为了不让敌人过吧?"

"不是哦，是为了让我们自己过不了桥。"

"让自己过不去? 自己把桥拆了? 太奇怪了。"

"奶奶，你知道'背水一战'这个词吗?"

"背水一战? 哦，当然知道。"梅干奶奶年纪大，因此对这类成语耳熟能详。

背水一战，指的是背靠河流排兵布阵。因为身后是河，无论敌人如何进攻，都无法逃脱，所以士兵会拼命战斗。

汉堡包军队的队长，为了表明死战的决心，才布下这背水一战的阵势，把走过的桥故意拆毁，让战友们没有退路。

"那就是说，饭团子军队已经到了附近？"王妃问。

"好像已经集结了很多部队。"士兵摇着橹，得意扬扬地说，"不过，因为我们已经下定了这样的决心，所以他们肯定不敢进攻。"

"你们也有战友被饭团子军队抓走了吧？那些战俘怎么样了？"王妃打听道。她在为西红柿阿姨担心。

"他们毕竟是一帮野蛮的家伙啊，应该被撕成碎片喂鸭子了吧。"

船到达了对岸。河堤上竖着好几十面红色旗帜和鲤鱼旗，上面写着"背水一战"。

然而汉堡包的兵力不足百人。

大家被招呼到了汉堡包队长的宿舍。

"给经过这里的各位添了很大麻烦，我很过意不去啊。"队长彬彬有礼地道歉，又接着说，"正如大家所见，我军在这里背水一战。为此，出于战术上的考虑，迫于无奈只好破坏了桥梁。非常遗憾。不过，各位知道'背水一战'是什么意思吗?"

"你可别小瞧我们。"玉米斯基说,"我毕业于三个大学呢。这点儿知识,就连梅干奶奶都一清二楚。"

"那太好了。那么,接下来请你们经过饭团子军队阵营的时候,务必仔仔细细地把这个意思解释给他们听。"队长这样说道。

看来,汉堡包军队为了让敌人知难而退,才竖起飘扬的鲤鱼旗,并写上"背水一战"四个字。可是无知的饭团子士兵根本不懂那是什么意思。

队长听见趁夜潜入营地打探的饭团子兵嘟囔道:"背水一战。哦,原来这条河的名字叫背水啊。"

汉堡包军队煞费苦心地做出决一死战的姿态,他们可接受不了这种结果。这样是无法吓退饭团子军的。

"俗话说,傻子无药可救,然而我就遇到了这样一帮家伙,所以想请你们告诉他们,背水一战有多么可怕。我希望他们能够明白,最怕沾水打湿的汉堡包敢于布下背水一战的阵势,是下了相当大的决心的。"

沿着荒芜的山丘前行数百米，就是饭团子军队的基地了。

他们并未盘问蔬菜们，于是梅干奶奶请求一名饭团子士兵说："请你让我见见你们的最高领导。"

看起来，饭团子军队的兵力最多也只有七十个左右。

领导正在和参谋下象棋。他把黑得发亮的三角形海苔脸转过来，说道："哟，这位奶奶，今天天气不错啊。"

毕竟梅干和饭团子熟悉彼此的脾气。

梅干奶奶挤着额头上的皱纹，解释了汉堡包军队的"背水一战"。

"那可不是件易事啊！亏你们还能在这儿悠悠闲闲地下象棋！"

饭团子队长和参谋陷入了沉思。

"所以嘛，还是我说对了，那个'背水'不是地名。"

听参谋这样说，队长道："可你说的是，那是背将军和水将军两个人指挥的阵地啊。"

"既然敌人采取了这种新的作战方法，那我们也来跟他们比比。"

"怎么比？"

"我军也来一个背水之战。这样就扯平了。"

"可是，要那样的话，我们就必须过河了。背后没有水，哪来的背水一战。"

"我们就趁夜里，悄悄坐船把士兵运过去。我们从上游稍微绕一下，就不会被敌人发现了。"

蔬菜们强忍着笑，和他们告别了。

"世上还真有这种无可救药的笨蛋啊。"菠菠妹说。

"我们看看情况再走，怎么样？这下可有好戏看呢。"

大家都表示赞同。

天一亮，对岸的河堤上就飘扬着饭团子军队的白色旗帜，"背水之战"的文字不断跳跃。

汉堡包队长表情复杂，正用望远镜仔仔细细地观察对岸景象。

"这是怎么一回事啊？这样就没法背水一战了。敌人现在在对岸，河就在我们的面前了。"

汉堡包军队只好无奈地把所有鲤鱼旗都收起来了。对岸似乎也发现了这一点，同样放下了"背水一战"的白色旗帜。

"照这么看，西红柿阿姨应该也不会太惨。"这场悠闲的战争让王妃放下心来，松了口气。

接下来的日子里，他们天天都在刚刚插完秧的乡村道路上前行。路边的风铃草挂着一串串吊钟似的白色或粉色的花朵。蓝色绣球花在院子的墙根边露出圆溜溜的面孔，渐渐地改变花朵的颜色。

有一天，队伍突然被一大群青蛙拦住了去路。

青蛙们伸出长舌头，瞪着讨厌的圆鼓鼓大眼睛，充满了敌意，不让他们过。

"把那个黑芝麻交给我！"

“那家伙把我的小脚趾搞得不能弯曲了。”

“那家伙不搭理法院的传票，逃之夭夭。”

“你们说的是这个芝麻妹吗？”梅干奶奶问。

“当然是她。跟你们无关。我们有话对那个家伙说。”

“你在叽里呱啦地说些什么呀？”芝麻妹也盯着青蛙们，“我可不认识什么青蛙！”

“你真敢说呀！我的背脊被砸出骨裂，不就是拜你所赐吗？”

“你不许抵赖！因为你，我们有三十六个伙伴都遭殃了！”

“芝麻妹，是那件事，你想想。”菠菠妹反应过来了，“我们的气球不是落在蝌蚪身上了吗？”

“哦——”芝麻妹想起来了，“哎呀，那么丁点儿大的小黑家伙，长这么漂亮了，我都没认出来！”她恭维道，可是青蛙们更生气了：“来吧，跟我们走。你要执行法院的判决！”

"判决书怎么说的？"

"给蛇当十天媳妇。"

青蛙们鼓起鼻孔和颊囊，那表情仿佛在说："怎么样？害怕了吧？"

"蛇？媳妇？"芝麻妹大吃一惊，十分沮丧，别提心里多害怕了，"要是这样，我还不如死了好！"

"呱，呱。"青蛙们哈哈大笑。

"芝麻妹，这就叫追悔莫及。"梅干奶奶笑话道，"哼，蛇也是很可爱的。"

青蛙们哄堂大笑："可爱得很！"

"可爱个鬼！"芝麻妹吼道。

最后，芝麻妹还是被领到了竹林深处的蛇家。

蛇正盘踞在紫色坐垫上。那是一条用竹子做的手工艺品玩具蛇，深绿色的脊背上描绘着金色的鳞片，涂成红色的嘴巴一直张着。

第一天，芝麻妹一整天都被蛇呼来唤去，到了傍晚时分，连她引以为豪的一头青丝，都褪色得像软炭了。

青蛙们一个一个排着队，拎着风铃草灯笼来了。他们围着蛇的家一边走一边合唱：

　　哗啦啦，哗啦啦，呱，呱，呱

　　出生的时候是小泡泡

　　当娃娃的时候是黑蚬贝

　　现在，你看怎么样？变成了帅气公子哥

　　哗啦啦，哗啦啦，呱，呱，呱

到了第二天，蛇下命令的时候，芝麻妹开始顶嘴了。蛇也开始观察芝麻妹的脸色，琢磨她的心情好坏。

青蛙们依然合唱着"哗啦啦，哗啦啦"。

第三天，蛇特意来找梅干奶奶，抱怨道："我不认为那姑娘是故意的，可是她一有点儿什么事，就使劲儿踩我的尾巴。"

"那是因为眼睛不好，那孩子是高度近视眼。"梅干奶奶为芝麻妹说情，"而且，你家里太黑了，你得把家里弄得亮亮堂堂的。"

这天晚上，蛇捉来十几只萤火虫，在家里放飞。

萤火虫们在拉门和天花板上爬来爬去，尾部闪烁着青白色的光芒。

他们还在芝麻妹黑得不能再黑的短发中尽情地发光。

"哇，真好看，真漂亮！"

见芝麻妹眉开眼笑，蛇第二天晚上又捉来了五十只萤火虫。那会儿，芝麻妹就躺在紫色的坐垫上睡觉。

蛇好像觉得捉萤火虫很好玩，连半夜也在外面走

来走去，又捉来了好几百只萤火虫。

第六天白天，蛇又来找梅干奶奶，说："那姑娘虽然算不得好脾气，但毕竟是法院的判决，我愿意一直把她留在身边，怎么样？"

梅干奶奶取下假牙，"咿咿呀呀"说了一番话，可是蛇什么也没听明白。

蛇一晚上都在捉萤火虫，几乎连觉都不睡了。

第九天夜里，竹林深处的蛇家在萤火虫光芒的照耀下，看起来就像一团飘浮的青白色光团。这光芒让坐在垫子上的芝麻妹，变成了拉门上的剪影画。

蛇对芝麻妹说："谢谢你这么长时间的照顾。如果把我的心算作一百，大约有五十都对你很满意的。"

听见这话，芝麻妹也说："我也有它的一半，大约二十五，对你很满意。"

"我真希望今后我们还能再见面，真的。"

"是啊。"芝麻妹也坦诚地点点头。

"你这身打扮太热了。我把这个送给你作为纪念。"蛇说着，给启程的队伍送上了颜色各异的夏季衬衫和裤子。

12.
七夕之夜

　　蔬菜们真狡猾，白银王妃心想，把莲藕妹理所当然地推给我管，就像她跟他们没关系似的。可是，莲藕妹明明就是蔬菜的孩子！

　　照顾生病专家莲藕妹，真是要多麻烦有多麻烦。身体略微有些不舒服，她就要求王妃背着她走。她虽然只是个十岁的女孩子，浑身上下开着气孔，可还是沉甸甸的，蔬菜们却从没有一个提出来替换王妃。

　　她刚可以一个人待着松口气，蔬菜就会来喊她：

"妈妈，莲藕妹又在撒娇了。"

—— 凭什么都快七十岁的梅干奶奶也要叫我妈妈呀？

回想起来，自从回到萨布利纳的森林，从少年约克缠着自己以来，王妃就得了一种病——招孩子喜欢的病。

—— 要是西红柿阿姨在就好了。

王妃深切地感受到，只有暴脾气的西红柿阿姨会毫不客气地大声呵斥莲藕妹。

刚开始，王妃觉得西红柿阿姨是在欺负生病的可怜孩子，很同情莲藕妹。然而事到如今，她才感到西红柿阿姨在场的话，对莲藕妹更好。而且，最担心西红柿阿姨的人也是莲藕妹。

——我要跟大家说说，应该一起来照顾莲藕妹。这样的话，大家也会更加关注莲藕妹。让当月的领导来照看她就好。

然而，王妃一看到圆白白的模样，就可怜起莲藕妹来。圆白白正在稍远处的一棵柳树旁，把透明的绿色帽子遮在脸上，抱着双膝酣睡。

——等到下个月吧。下个月的领导是葱仔。葱仔虽然言语辛辣，但是靠得住，不像圆白白那样不负责任。

自从渡过七月之桥，大家每天都在广袤的荒野上露宿。

柳树枝丫蜿蜒，就像展开的扇子，如同传说中的七头蛇四处蹲伏。

浅溪在草丛中闪闪发光。小股的泉水从四处涌出。流量少的泉水，流淌不到二十米就浸入地下，变成了有头无尾的小溪。水量充沛的泉水，则形成了宽阔的美丽清流。

一天晚上，王妃哄睡莲藕妹后松了口气，仰望满天繁星。

——哎呀，今天不是七夕节吗？

她突然想到了这一点。掐指一算，今天的确是过了七月桥后的第七天。

——我给忘了。既然这样，白天就应该让莲藕妹在长条诗笺上写下愿望，然后挂在立着的小竹竿上。

熟睡的蔬菜们姿态各异地躺着。豆腐爷爷端坐着。葱仔笔直地仰卧着。菠菠妹躺成一个"大"字，呼呼大睡。

芝麻妹好像还没入睡。她听见王妃说"我去走走"，便跟着站了起来。

"芝麻妹，你还不睡吗？"

"自从蛇那家伙在屋子里放了萤火虫，我就睡不好觉了。"芝麻妹小声说。

"多美的星空啊，今天是七夕节呢。"

"是啊，七夕节啊。"芝麻妹似乎也很了解。

"我去洗头发，你来吗？"

"不去了。太凉了。"

王妃独自一人走到大河边。

在蜡笔王国，每到七夕之夜都会举行庆祝活动。王妃会带领宫中的所有女性，去距离王都一百公里之遥的白沙河蓝染峡，把装饰好的七夕竹子放进河里漂走。放完七夕竹，宫女们就会用冰冷的清澈河水洗头发，以便冲走恶灵，洁净自己的身体。

她们还会演奏宫廷雅乐。那是庄严而又愉快的时刻。因为规定只有女性才能参加，所以变色龙首相和大臣们都男扮女装。这番景象稀罕离奇，让人捧腹大笑。

大王应该也很担心吧。说好一个星期，可现在已经是七月了。一年牢已经过去一半了。

回顾迄今为止的旅程，或许是因为有蔬菜们做伴，比起痛苦，倒不如说快乐更多。王妃回忆着，感到自己似乎寻回了过去的精神气。

潺潺水声快乐地回响。

河滩呈现在眼前。

遥远的天空广袤无垠，点点繁星仿佛拥有生命，正在眨巴着眼睛。

在星光的照耀下，王妃脚下的道路犹如银色丝带。

到处都有圆形的小孔，就像动物的脚印，连续不断，很有规律。

这是蹄印吧。不过，这也够深的呀。

形似脚印的孔，深十厘米以上。王妃有点儿害怕了。

脚下的地面，像这样走着也不会响起一丁点儿脚步声。能留下那么深的脚印，这动物该有多重啊？可是脚印之间的间隔，又只有一米左右。

河面闪耀的光看上去有些炫目。

水就像有生命一般，泛着柔和的蓝光。

王妃在水边蹲下来，想要清洗头发。

浅蓝色海星模样的生物，从群青色水底的各个地方浮上来，亮晶晶的。

原来，那是闪耀着炫目光芒的贝壳。他们散发的光是一种既无法称之为白色，也无法称之为黄色的奇特颜色，犹如在白色深处挖掘时，展现在眼前的闪电一般的颜色。

光亮处泛起小小的波纹，犹如成群的夜光虫跳动着经过。

王妃的银色发丝飘荡在冰冷的水中，宝石一样的光点从上面不停地流淌而过。

——说不定，这里就是银河呢。

王妃刚想到这里，就听见河的上游传来歌声。

给纯洁无瑕的织女星

绕上银河的腰带

一圈一圈又一圈

绕上七圈后

七颗星星

放袖兜

骑着马儿去

咯噔，咯噔

王妃渐渐走近歌声响起的地方。她看见几只野兽的长脖子，在纯净的夜幕彼端轻轻摇晃。

"哦，原来是七夕马呀。"王妃自言自语。那是用稻草编成的七夕马。

二十来匹马儿正高高兴兴地互相泼水洗澡呢。

马儿溅起的水花，闪烁着蔚蓝色的光芒。

这时候，他们头尾相接地朝上游方向游走了。

最后只剩下两匹。

"还不行吗，迪克？"

"还差一点儿。"

"你真是累坏了呀。"

"嗯，难以置信的累。你先走吧。我用这里的水再放松放松脚。"

一匹马儿追赶伙伴而去，只剩下最后一匹。

凉爽的风吹过，河面上仿佛铺了一层宝石。

王妃"哗啦啦"地蹚过闪着宝石光的河水，靠近了七夕马迪克。

马儿扭过头来凝视着王妃，只说了一声"晚上好"。他躺在水里，一动不动。

"晚上好，迪克，我是白银·玛格丽特。"

"我……哦，你已经知道我叫什么了。"迪克微微一笑。

"美好的七夕节啊。"

"是吗?"迪克似乎并不同意。

"你看上去很劳累。"

"嗯，我可能生病了。我只驮了一对男女，腿就这么沉甸甸的。"

"一对男女? 那么累是理所当然的嘛。换成我，一个都受不了。"王妃安慰他。

"可是，我们七夕马通常都会驮着一对相爱的男女，就像驮一根鸭毛似的，根本感觉不到重量。所以，大家都觉得很奇怪，我可是力气很大的呢。但是这一次，真是难以置信的沉啊。我能不掉队，已经很不容易了。不过，谁都不会相信的。"

"我相信，"王妃说，"因为我看见你的脚印了。陷进泥里得有十厘米深，不，有十五厘米呢。"

"果然如此，看来是真的很重。"迪克放心了，"我

还以为是自己不好，原来是真沉啊。没有其他原因，这样我就安心了。"

七夕马精神饱满地站起来，背上的水"哗啦"一声从身体两侧流下。

"这是银河吧?"王妃问。

"对呀。我驮着你走吧，白银·玛格丽特。"

"谢谢。不过，有孩子等着我呢。一个麻烦的孩子。"

"是吗? 那就没办法了。"七夕马遗憾地跺跺脚，说，"多亏你跟我说话，我精神多了。期待再会。再见!"

"再见。"接着，王妃喊道，"如果我呼唤你，你要来哦。"

"好。你用什么叫我?"

"口哨!"

王妃把少年约克的口哨放在唇边。

迪克回头静静地凝视王妃，说道:"你吹吹。我会好好记住这个声音的。"

"哔——"

王妃吹响了口哨。就在这一瞬间，刮起了一阵冷风。闪闪发光的银河就像被风卷走了一样，载着迪克飘向了天空，四周一瞬间就暗了下来。

那里只剩下一条平平常常的河，平平常常的黑色天空和平平常常的夜晚包围着王妃。

七夕马已经无影无踪。

王妃深深地叹了口气，往回走。

她听见莲藕妹在哭泣。莲藕妹有个坏毛病，晚上一做梦就会哭。

"喂，谁在欺负我的孩子呀？"

一听王妃这样问，玉米斯基说："妈妈回来了，太好了。你快想想办法吧。吵得要命。你得好好管教这个孩子呀。"

"太娇惯她了。"快快快茄子说。

"你说什么？"王妃的声音大得连她自己都吃了一

惊，"那到底是谁的责任呀？"

"哇，好可怕。"玉米斯基缩起了脖子。

谁都不再说话了。

"怎么了，就剩你一个这么精神？"圆白白迷迷糊糊地问。

"我去银河了，还和七夕马聊了天。"

"什么？"蔬菜们面面相觑，"和这孩子简直一模一样，越来越像了。"

只有停止了哭泣的莲藕妹两眼放光："快给我讲讲。"

王妃把今天晚上发生的事一五一十地告诉了莲藕妹。

蔬菜们很快又睡着了。

"小莲，怎么样，你相信这件事吗？"

"难以置信。"莲藕妹娇声娇气地说，"有浅蓝色的海星对吧？金色的虾蹦来跳去？许许多多的钻石和红宝石在水中流过？你要是捡些回来就好了。"

就在这时，芝麻妹在黑暗中说道："妈妈捡来啦。莲藕妹，你仔细看看妈妈的眼睛，是不是比宝石还闪亮? 银色的头发也是。"

"真的呢。"莲藕妹叫起来，"真的，好漂亮。大家快看!"

"吵死了。"梅干奶奶呵斥道。

13.
归来的白黑沼

　　当前方出现同样高度、绵延不绝的绿色小山岗时，王妃的队伍中没有一个意识到，那是河流的堤坝。

　　谁都以为那是天然形成的山丘。

　　因为它的高度将近一百米。

　　"上面那么平坦笔直，我觉得应该有铁道。"葱仔说。

　　快快快茄子一听这话，做出了判断："不，绝对是飞机场。"

　　因为他们隐约感到，山岗上有市镇的喧嚣和蓬勃

182

的生气。而且空气污浊，似乎有雾霾（mái）。

大家爬到山岗上一看，都目瞪口呆：

"哇，哇，是河！"

这条河流淌的河床比他们之前走过的七月荒野还要高。

蔬菜们眺望着有五座朱红色拱门的铁桥，欣喜万分：

"终于到大城市啦！"

"住城里的总爱笑话乡巴佬，我们要留点儿神，别被当成乡巴佬了。"豆腐爷爷说。

"掉落在地上的东西也会多起来，大家多留意，仔细点儿！"梅干奶奶也很高兴。

大家激动地来到桥头，看见一块指示牌上写着"白黑市"，旁边还竖着一块黑色玄武岩的石碑，碑上有一行俳句：

　　　眼睛白又黑，苍翠欲滴的森林，同样白

又黑。

"这个城市的名字可真奇怪。"豆腐爷爷挽起袖子说，"俳句里说森林苍翠欲滴，可是这儿哪来的森林呀？"

桥下流水浑浊，青黑色的水面泛着泡泡，中间还有白色的环状物在活动。

王妃不由得叫起来："快看！全是鱼！"

那是鱼群浮在水面上，张着嘴巴在呼吸。数量庞大得仿佛整个河面全都是鱼嘴巴。

"啊，有鲶鱼！"

"好大的鲤鱼！"

"鳗鱼！好恶心呀，活像一团纠缠不清的绳子。"

蔬菜们喊叫着，气氛活跃。

看起来，渡过八月桥后，这里会有迄今为止没有经历过的高兴事等着大家呢。

"太好了，终于来到一个还算像点儿样子的地方。"

圆白白高兴地说，"奶奶，你别靠近我。不好意思啊，请你离我远一点儿。爷爷也是哦。因为呀，要是别人把我和你们当成同类，我就太亏了。"

圆白白说着，来到王妃身边，说："我说，莲藕妹，你让开。我要和白银小姐搭伴，你们跟我都太不搭调了。"

过了桥，是一段让人害怕的陡峭下坡路，不过，道路铺得很漂亮。

"这就是大城市哦。快看，好多混凝土大楼。"

下到坡底，就进入白黑市的市区了。一眨眼工夫，无数汽车从各个方向飞驰而来。红车、蓝车、白车、黄车……颜色各异、车型不同的各种车辆突然从鳞次栉比的楼房之间"嗖嗖"地蹿出。

"看路！"

"笨蛋！"

一辆辆汽车叱责着蔬菜们，粗鲁地驶过。

"没有步行道，危险得不得了。"刚当上领导的葱仔嘟囔道，"这种没有步行道的大城市，我还是头一回遇见呢。"

第一个红绿灯也让蔬菜们目瞪口呆。绿灯亮起，蔬菜们刚开始过马路，信号灯就一瞬间变红了，汽车们又开始怒吼：

"垃圾！"

"乡巴佬！"

"赶快消失！"

"轧死你！"

与此同时，还真有汽车不断加速地冲过来。

好不容易过了马路，又出现了下一个红绿灯。

大个子尝试了一下，发现就连最强壮的他都必须跑着才能过完马路。

"这座城市太糟糕了。"

这番景象十分怪异。所有楼房面对马路的都只有车库。活动的东西只有汽车。

"我终于明白'白黑市'的意思了。如果眼珠子不忽黑忽白，左右转动仔细看，就会害怕得连路都走不动！"豆腐爷爷说，"哪里还顾得上捡别人掉的东西啊！"

汽车们的呵斥声口音难听，听得大伙的脑袋疼得嗡嗡作响。

葱仔迅速地给这种呵斥声起了一个名字——汽油语。

离市中心越近，汽车的数量越多，信号灯也越多，浑浊的空气和汽油语包围了蔬菜们。

每个蔬菜都感到自己快疯了。

忽然，一辆警用白色摩托车叫住了他们。

"这座城市除了汽车，其他家伙都不许走！"

"哪里写着这句话呀？"葱仔反驳道。

"你们是游客？"

"是的。"

"那你们赶紧通过。白黑市有个规矩，除了汽车，别的外来者只能停留二十四小时。"

白摩托车拿出一张大八角形的贴纸，上面印有一行字：

"外来者在本市的停留有效期为○○○。"

白摩托看看表，在○○○里填写上"八""二""十六"，就是"八月二日十六时止"的意思。

冷不丁的一声"啪"，白摩托使劲儿地把这贴纸挨个粘在了蔬菜背上。

"你这家伙怎么这么软乎乎的。"豆腐爷爷挨骂了。

"凹凸不平的家伙，摸着都难受！"玉米斯基也遭到训斥。

"怎么那么硬邦邦的，长得真难看！"就连女孩子圆白白都受到了侮辱。

王妃的脸蛋也被狠狠地敲了一下，"啪"的一声被粘上了贴纸。

"好疼！"

"你不能温和一点儿吗？"葱仔生气了。

"你说什么？臭烘烘的尖脑袋混蛋！"

大家别无选择，只能快速逃离这座混乱不堪的汽车城市。大家尽管加快脚步，可是毕竟每隔二十米就有一个红绿灯，每次都遭到汽油语的高声训斥，大家都逃得两腿发软，气喘吁吁。

坏心眼的白摩托车一直缠着大家，时而嘲笑时而讽刺。

"蜗牛也比你们快呀。你们到底有没有干劲儿啊？这样下去，花上十天时间你们也出不了城！一过时间，我就立刻把你们关进收容所！"

芝麻妹抗议说："红绿灯的绿灯时间太短了！我们还有老人家，根本来不及！"

"你竟然说绿灯时间太短了？开什么玩笑？一点儿都不短。长达八秒呢，听见没？八是八月的八，兴盛繁荣的吉利数字。要是汽车呀，开得再慢，八秒钟也能轻轻松松跑出一百米了。"

"可我们并不是汽车呀！"

话音刚落，白摩托车就使劲儿拽住葱仔校服的前襟："我已经告诉你了，这里是汽车城市。不是汽车就不该来。听明白了吗？"

傍晚过去，渐渐入夜，走路变得更加危险。

汽车时速提到了一百公里、一百五十公里，"嗖嗖"地尖叫着飞驰而过。步履蹒跚的梅干奶奶和豆腐爷爷过马路时，连车影都看不清了。

"就算他们是汽车，也会回家睡觉吧？我们必须趁那个时候全速前进，逃离这座城市。"

葱仔不让大家休息，坚持向前走。

夜深人静后，车流量到底还是减少了。于是，四处可见的十字路口仿佛变成了广场。

黎明时分，白摩托车又来查看情况了。

"警察先生，我已经筋疲力尽了。"梅干奶奶哭诉道，"你干脆载着大家离开多好！"

"你说什么？"白摩托车勃然大怒，"你再说一遍！居然想使唤我们，真是口出狂言！"

"你不用那么生气嘛，你要是对我们好一点儿，我们会感激不尽的。"

听见王妃插嘴，白摩托车说："这里的汽车都曾因为人类而遭受重大创伤，这座城市也是我们自己凑钱建造的。你们仔细看看，能找到一辆完好无损的健康汽车吗？"

听他这样一说，大家发现每一辆车都有修理的痕迹。这些汽车因为遵守人类的命令而发生了交通事故，因而强烈地怨恨人类。

"明明可以多为弱者考虑一些……"

就连粗鲁的大个子也不禁喃喃自语。

"不管我们怎么赶，也无法在限定时间内离开这座城市。除非有热心的汽车帮忙。"

大概是听见王妃对莲藕妹发牢骚，葱仔高高地举手挥舞招呼汽车，可是完全没有效果。

最终还是超过了滞留有效期，大家都被关进了水泥箱子似的收容所。

"我反倒是松了一口气啊。"

梅干奶奶的话代表了大家的心声。比起汗流浃背地在众多汽车的追赶下逃命，不如在这里舒展身体更愉悦。

很快，三四天过去了。

有一天，巡逻车来了，扔进来一头小牛。那是一头金色的木雕牛，他的右前蹄拎着一只小水桶，左前蹄拿着捕鱼网。

"你也是被汽车抓住的？"玉米斯基问道。

牛娃娃猛嗅着玉米斯基身上的气味，说："应该是个不错的叔叔。我呀，想着盂兰盆节①到了，就来这里捉鱼。可是他们说还没有到。"

"啊？一般说来，盂兰盆节是不捉鱼的哦。"芝麻妹感到莫名其妙。

"胡说。什么时候都可以捉鱼的。"玉米斯基站在孩子一边。

---

① 在日本，每年的8月13日至8月15日是盂兰盆节，是仅次于新年的重要节日。

“可是，不到盂兰盆节是不会有水的呀，哪里来的鱼呢？”

牛娃娃感到不可思议，盯着大家说：

“一到盂兰盆节，爸爸就会来。金牛会把白黑沼拉来的。”

所有蔬菜都听得莫名其妙。

“汽车是帮坏心眼的家伙。你爸爸来了，能把他们赶走吗？”

听见梅干奶奶还在抱怨，牛娃娃说：“一到盂兰盆节，这里就不是汽车城了，会变成白黑沼。汽车都会走的。”

“哦……”

大家又歪歪脑袋很纳闷。

不可思议的事情发生了。从第二天开始，街上渐渐安静下来了。

从小小的高窗俯视，也能清楚地看见汽车数量减少了。

城市终于安静了下来，就像死去了一样。

牛娃娃说："汽车走了。真高兴！"

于是，王妃让快快快茄子站在自己肩膀上，又让大个子爬到快快快茄子的肩膀上，大个子成功地从高窗逃出去了。大个子跳下去后，从外面打开了门锁，恢复自由身的队伍欢呼着冲向白黑市空荡荡的大街。

所有的楼房都空空如也。那些惹人讨厌的汽车全都消失了。

"丁零——丁零——"

从很远的地方传来铃铛声。

"爸爸他们来了。"牛娃娃说。

从汽车城的北边和南边传来歌声，越来越近。

　　白黑沼是个好地方，呵嘿

　　春天有樱花装扮

　　秋天有金黄麦浪

　　夏天小河里玩水

冬天地炉旁喝酒

白黑沼是个好地方，呵嘿

另一首歌从城市的东方和西方传来。

鸬鹚住的森林纯黑

鹭鸶住的山峦纯白

小龙虾和小鲤鱼

故乡，你好

"过来，葱仔哥哥，快点儿。"

听见牛娃娃呼唤，大家一看，发现他爬上了城里最高的三层医院的屋顶，正在上面挥手。王妃他们也跑了上去。

在那里可以眺望城市的四面八方。出人意料的是，眼前就是一座森林。

森林正一点点地朝着城市移动。

几万头金牛正将森林拉过来。

金牛们都是雕工简单的金色木头牛。他们各自用黑白两色织成的绳子拉着树木向前走。

很快，黄金牛就进城了，迅速地把拉来的树木种植在安装着红绿灯的十字路口。

几个小时之后，汽车城消失了。

灯台树、楠树、橡树、栲树、榉树……枝叶茂盛的大树给整个城市撑起一把把深绿色的大伞。

牛娃娃的父亲金牛告诉王妃的，是这样一段往事：

这一带过去是一片叫作白黑沼的沼泽地，周围是茂密的栲树林、榉树林，与金牛们和睦地生活在这里。不知何时，汽车们来了，逐渐收购了整片

196

沼泽地。森林里的树木受不了汽车们难闻的气息。汽车们的计划是砍伐森林，填埋沼泽，建一座汽车城。金牛与森林里的树木只好和汽车们谈判，约定每一年的盂兰盆节他们可以回到故乡。然后金牛和树木就各自去了宜居的地方生活。

"所以，等盂兰盆节结束，我会把你们领到九月桥。"金牛热心地说。

"那么，请大家爬到高处。森林已经恢复，接下来我们就要呼唤沼泽了。如果还站在那里，脚会湿的。"

一头金牛前去八月桥打开堤防下的水门。

等待已久的沼泽之水，带着迫不及待的鱼儿们卷起浪花，"哗啦"一下冲进了汽车城。

几乎就在同时，东方的天空变得漆黑。一大群黑色的鸬鹚飞回了故乡。

接着，西边的天空变得纯白无瑕，这是一大群白色鹭鸶。

白色和黑色的鸟群各自寻找着过去的巢穴，落在归来的森林上。

"呱呱，呱呱。"鸟儿们欢声歌唱。鹭鸶停留的树木一片雪白，鸬鹚停留的树木则变得漆黑。

"原来如此，所以才叫白黑沼呀。"豆腐爷爷嘟囔道。

鹭鸶和鸬鹚混合在一起，交织出黑白花纹。

汽车的白黑市恢复了以往白黑沼的模样，从古至今流传几百年的盂兰盆节活动开始了。

森林的树木、沼泽里的鱼儿、鸟儿们的故乡，如今都苏醒了。

蔬菜们和金牛齐心协力，辛勤劳动，一起建起了跳盂兰盆节舞蹈的高台。盂兰盆节结束时，他们还帮忙把白黑沼的水引回了一年河里。

富有的金牛们为了感谢蔬菜，赠给他们每位一枚小金币，最后把他们送到了九月桥。

14.
赏月派对

　　　　我不知道你怎么样

　　　　我已经厌烦了

圆白白哼着歌。

跨过九月桥，此前的炎夏阳光也变得柔和起来。

路边，瞿（qú）麦鲜艳的粉色花朵正迎风摇摆。

　　　　渐渐厌倦了

　　　　彻底厌倦了

狭小的原野、绵延起伏的小山丘和穿插其间的并不险峻的山谷，轮流迎接着这支队伍。

三四间房屋聚集的地方，总是住着兔子。是泥巴烧制而成的兔子。

九月的领导是胡萝卜仔。可是，他的性格决定了他不可能走在最前头。他依然独自走在队伍最后，与大家保持着距离。

　　厌倦了同样的衣服

　　厌倦了同样的自己

　　其实更美丽

　　其实更富有

"真丢人啊，穿着夏天的衣服走在路上。"圆白白说着，忽然拍手唱道：

哎呀呀，太巧了

看见了一家洋装店

颜色缤纷的裙子呀

正在招手将我唤

"胡萝卜仔，你等一下哦，我去买件衣服！"圆白白兴奋地大声朝着身后喊。

胡萝卜仔依然独自走在队伍后面，和大家保持距离。

"走吧，白银姐姐！"玉米斯基也瞅瞅商店，说，"哟，正在做关店大促销呢！"

"胡萝卜仔，你要想走就先往前走吧。我们要在这家店买东西。要不然我连怎么花钱都忘记了。好吗？听见了吗？喂！"梅干奶奶跟着圆白白和玉米斯基跑过来。

结果，大家在这家小小的洋装店进进出出，忙着购置适合秋天的服饰。

商店老板是狗尾草编成的猫头鹰，他瞪大了蓝色的野葡萄似的眼珠子，看着大家。

"要关店了？在这种荒野上，孤零零的就一家商店，确实没有顾客光临啊。"梅干奶奶同情地说。

猫头鹰摇摇头告诉她："我关掉这家商店，是因为要打仗了。

"据说，饭团子的大部队驻扎在十月桥。饭团子里最强大的烤饭团子第三师团也来了。那帮家伙每次开战的时候都是先头部队。之前只是些小冲突，但这次还是跑为上策。"

打算关店的猫头鹰面对出人意料的众多顾客和金币，掩饰不住内心的喜悦。蔬菜们也焕然一新地装扮一番，心满意足。

就连胡萝卜仔也买了一套漂亮西装。不过，衣服的肩膀上有金丝的刺绣，看上去多少有点儿像旅馆里的服务生。

王妃买了一件深紫色的天鹅绒衣服，让店主帮忙取下了过大的衣领。这样一来，她线条优美的脖子就显得更加俏丽了。

大家就连鞋子也买了新的，穿戴好后，高高兴兴地向前走，遇到了一只盛装打扮的陶瓷兔子。兔子撑着一把遮阳伞，矫揉造作地走过来。

兔子装模作样地微微点头表示问候。当他看见胡萝卜仔的时候，那双明亮的红彤彤的眼珠子差点儿就掉出来了。

"你好。"

"你好。"和他擦肩而过时，蔬菜们也都向他问好。只有胡萝卜仔装作什么都没看见。

兔子走出了十步之远，忽然一转身又轻快地蹦了回来。

"奶奶，"兔子对梅干奶奶说，"今天晚上我家要举行赏月派对。请大家一定要来哦。本地大部分居民都会来。到时候可以请你们讲讲旅途趣事吗？"

"好啊，"梅干奶奶说，"如果有好吃的，我们就去。"

"有特别可口的菊花酒，还会准备几十种蛋糕。"

"我喜欢红豆卷。"

"一定准备。"

"奶油泡芙。"莲藕妹喊道。

"当然有。"

"奶酪蛋糕。"玉米斯基说。

"有柠檬派吗?"圆白白问。

"包在我身上。"

"我要羊羹。"豆腐爷爷说。

"我更想要草莓慕斯之类的。"听见菠菠妹这样说，芝麻妹道："我要焦茶色的蜂蜜蛋糕。"

"布……布丁不错。"快快快茄子说。

"既有添加了红酒的洋梨果脯，也有杏仁巧克力蛋糕，还有提子布丁、蜜桃挞、核桃小蛋糕。"

"无论发生什么事我都会去的。"大个子叫起来。

"那一位呢?"兔子问胡萝卜仔。胡萝卜仔依然装作没听见。

"那么，大家别忘了，是七点哦。"兔子叮嘱道。

"你叫什么名字?"王妃问道。

兔子露出两颗坚硬的门牙说:"我叫卡皮克平顿。这个名字太难记了，大家叫我派对就好。因为我每天晚上都举行赏月派对。"

"现在离十五日不是还早着吗?"芝麻妹问。

"因为那天并不总是晴天呀，所以提早赏月，才一定能看见月亮嘛。"

"这倒也是。"快快快茄子点点头。

才五点钟，快快快茄子就开始吵吵嚷嚷地催促，但是大家并没有生他的气。也许是看在派对蛋糕的分上。六点钟，大家就来到了派对兔子位于圆溜溜山顶上的草屋。

院子的草坪上连着放了三张长条桌，上面摆好了蛋糕、果汁，派对蛋糕正在等待客人的到来。

"领导请坐。"

胡萝卜仔被安排坐在中央的主宾席。

"然后是姐姐，请到这边来。"兔子让王妃坐在胡萝卜仔的左侧。他大概以为王妃是胡萝卜仔的姐姐吧。

很快，受到邀请的兔子们陆陆续续到达。他们仰望着天空，围绕月亮讨论。有的说今天月亮会出来，有的说不可能看见。

胡萝卜仔右侧的座位依然空着。那个座位和胡萝卜仔的是同样规格的主宾席，所以王妃好奇地等待着，想看看坐在那里的会是谁。

"公使大人驾到。"

派对兔子一听仆人的通报，就蹦蹦跳跳来到大门外，很快便恭恭敬敬地领着一位客人进来了。

兔子们都起立了，于是蔬菜们也端端正正地站起来。

"不用，不用，各位请不要动，坐着就行，坐着就行。"摇摇晃晃走进来的，是单衣和服上系着腰带的乌冬面。

他在胡萝卜仔的右边软弱无力地坐下，不动声色地瞟了胡萝卜仔一眼。

"公使大人，容我介绍一下旅行途中经过这里的蔬菜们。今天，我请他们来为大家讲讲有趣的旅途经历。啊，各位蔬菜，这位是常驻饭团子国的公使——乌冬面国的贝茨尔大人。他在百忙之中抽空前来，是一位非常喜欢赏月、非常温和的大人。那么，我们请公使大人致祝酒词。"

乌冬面公使贝茨尔大人举起红酒杯，软绵绵地站起来。他一伸直脊背，就变得比谁都高了。

"那么……"贝茨尔公使清清嗓子，咳嗽一声，喊道，"祝愿派对兔子及兔子家族蓬勃发展，也祝愿旅途中的蔬菜们前行一路平安，干杯！"

每只酒杯中都漂着一朵黄色或白色的小菊花，黏稠的酒液飘荡着浓烈的菊花香。

"那么，请各位蔬菜不要客气，一边品尝点心，一边给我们讲讲旅途中的愉快经历吧。"

于是，豆腐爷爷首先讲起了让雪人泡热水澡的故事。

"雪人听见'哧哧'的声音，问我那是什么声音。我告诉他们，那是脏虫子的哭声。听到这话，雪人真是高兴得很呢。"

贝茨尔公使听入迷了，左右摇晃着身体，愉快地笑着。

"可是，雪人真是傻家伙。他们难道没发现，自己的身体变小了吗？"

"就是这一点，就是这一点！"玉米斯基等不及出场了，他胡说道，"让我们煞费苦心的，就是这一点哦。我们在出浴的地方安装了一块凸面镜，设法让他们看起来显得很大。"

蔬菜们讲述了各自的经历。尤其是背水一战的故事，让公使捧腹大笑。贝茨尔公使的肚子搭在了腰带上，盘着腿，脸也卷成一团，鼻子搁在了肩膀上。

"哎呀，可笑，太滑稽了！呵呵呵！"

"这故事太有趣了，哈哈哈！"

众位兔子和蔬菜们都避免去看贝茨尔公使，但是每一次偷看，都会因为他古怪离奇的模样而忍不住发笑。

美味的蛋糕和红酒，让派对的气氛非常热烈。

轮到胡萝卜仔讲故事了。王妃略感紧张。因为，按照胡萝卜仔的性格，他一定会笨拙地一言不发，扫大家的兴。

然而出人意料的是，胡萝卜仔迅速地站起来了。

"其实，还有一个蔬菜应该在这里，那就是西红柿阿姨。她因为拒绝乘坐气球，被饭团子军队抓起来了，至今没有释放。我想借这个机会请求贝茨尔公使，对饭团子王国施加影响。"

"这绝对需要依靠贝茨尔公使啊。"派对兔子也尽力为胡萝卜仔说话，"因为乌冬面王国是饭团子王国实力最强的盟国。而且，贝茨尔公使是能够直接和国王说上话的大人物。依赖这样的大人物，没有办不到的事。贝茨尔先生，请设法救救可怜的西红柿阿姨，让这个真心为朋友着想的年轻人放心。"

乌冬面公使点了两三下头，说道："我会加紧朝着释放的方向运作。"

贝茨尔大人恢复了公使的严肃表情，立刻正襟危坐，拿出记事本写下来，让大家安心。

"哎呀，太好了！对吧？"派对兔子轻拍胡萝卜仔的肩膀，用火焰般通红的眼睛看着他说，"你瞧，到我家就是有好事吧？"

这时候，公使先生站起来说："那么，我也说两句。"

然后，他开口道："啊，就像我之前说过的那样，局势越来越糟糕，战争已经无法避免。回顾当初，饭团子和汉堡包的争端不过开始于一场婚礼。饭团子的气球部队掠走了汉堡包国王的小女儿沙拉公主，然后饭团子王国为沙拉公主和古德王子举行了婚礼。我们乌冬面王国在两国之间寻求和解之路，最终，让两国达成了约定，让沙拉公主在盂兰盆节回家探亲，在那之前两国都不采取军事行动。

"然而，就像我之前说过的那样，今年七月，古德王子和沙拉公主突然从饭团子王国的宫殿里消失了。当然，应该是汉堡包军队采取某种方法抢走了两位新人，成功复仇。虽然汉堡包的王室装傻充愣，说毫不知情，但事情发展到这一步，饭团子大军已下定决心，宣布了全国大动员的命令，发誓要不留一兵一卒全面出击，势必打败汉堡包。我们乌冬面王国也严厉地抨击了汉堡包违反约定的行为，将和饭团子大军并肩作战。我们还必须考虑到，汉堡包的同盟国意大利面也会和我们敌对。但是，请放心，我们三个月内就会取得胜利。这一点已经很明确，我向你们承诺，我贝茨尔答应你们，所以，什么都不用担心。实在担心的话，请暂时躲避到不会成为战场的山谷或险峻的山岭，以观察情况。花不了太长时间，只要三个月，我希望大家忍耐。两军主力的决战应该会在年之濑河滩进行。"

"贝茨尔大人，您说只要三个月的依据是什么呢？"派对兔子问。

"这是我国的占卜师比斯克公通过占卜知道的。"贝茨尔公使高兴地说，"他说，在接近年关的时候，一位缺点很多的女性会给我国带来幸福。顺便说一句，这位女性就是汉堡包国王的母亲，她快要死了。这位母亲最是诡计多端，所以占卜师的意思也许是，她一死和平就会到来。"

"啊呀，月亮！月亮出来了。"一只兔子指着天空说。

虽然还不是满月，但是已经近乎浑圆的月亮在云朵间露出了脸庞。

"那么，严肃的话题我们就说到这里吧。贝茨尔公使，来吧，我们来唱平常爱唱的那首歌。"

兔子们一起鼓掌。贝茨尔大人心情舒畅，声音洪亮地开始歌唱：

这朵花，那朵花

都是真实的

缤纷艳丽

那个人，每个人

都是真实的

心地善良

那座城，每座城

都是真实的

高贵而自豪

这轮月，每轮月

都是真实的

充满恩泽

真是一首好歌啊，王妃心想。她感到这里的每一位散发出的温柔善良都是发自内心的。

贝茨尔大人声音更洪亮了。

啊，在明亮的天空下

欢腾的生命，是神的本领

同样的本领

大家是一个

一个是大家

不知何时，蔬菜们已经加入众兔子中，一起翩翩
起舞。

王妃对结束了精彩歌唱的贝茨尔大人送上了热烈
的掌声。

贝茨尔大人姿态优雅地走过来，邀请王妃和他一
起跳舞。

"这种高度可以吗?"贝茨尔大人配合王妃调整了
自己的身高。

一看派对兔子，他只和胡萝卜仔跳舞。王妃时不时看看他们，打心眼里对胡萝卜仔刮目相看，觉得他太了不起了。因为，在大家都为贝茨尔大人的奇特模样捧腹大笑之时，只有他想到了请贝茨尔公使营救西红柿阿姨。还因为，按他平时的性格是一句话都不肯说的，没想到在这样盛大的场合，他却讲出了一番很有道理的话。

　　如果换作开朗活泼、很快就能适应周围气氛的豆腐爷爷或玉米斯基，是绝对想不到这个点子的。

　　短处也是长处——王妃渐渐开始理解圣诞老人所说的这句话了。

　　在长达七年的时间里，不断地吸收王妃短处的蔬菜们，说起来就是王妃的分身。而且蔬菜们也的确存在各自明显的短处。不过，他们都是一点儿也不令人讨厌的家伙。

　　王妃在路途中，一直有这样的感受。

——真的，保持本色就好。保持本色就好。

　　　　月亮姐姐的脑袋

　　　　丝瓜瓤，丝瓜瓤

　　　　用丝瓜瓤来洗一洗

　　　　马蓼草哗啦哗啦

　　　　蟋蟀蹦蹦跳跳

兔子们手舞足蹈地跳舞。

　　　　月亮姐姐的脑袋

　　　　轻柔，干爽

　　　　芒草梳子梳一梳

　　　　金色水珠，滴滴答答

　　　　泡泡似的云朵，蓬蓬松松

就连莲藕妹都难得一见地和兔宝宝们掰手腕。

哟，哟

月亮姐姐感冒了

咳，咳，咳

咳嗽的时候，金钱草

咳，咳，咳

咳嗽之后，狗尾草

哟，哟

15.
坏话大战

汉堡包和饭团子大战即将开始的消息，让血气方刚的大个子激动不已。

作为十月领导的他，脑子里早就浮现出一番振奋人心的景象——在禁止通行的十月桥上，他独自闯进大军，打败敌人，帮助伙伴们顺利前进。

—— 汉堡包太容易解决了，我一脚把他们踢进河里。饭团子嘛，从脑袋顶上一拳打扁，打得他们满地打滚。

然而出人意料，十月桥十分安静，行进过程中，队伍鸦雀无声。大个子沮丧地告诉葱仔："我抽的签不好。"

"这才刚开始呢。"葱仔安慰他。

"唉，不知道会怎么样呢。我的出场角色就是打架。总之，要是不打架，我的生命就毫无价值！"

"原来你挺有自知之明呀。"葱仔说。

"你这个混蛋，瞎说什么？"

"你别在我这里找茬哟！"

道路变成了山村小道，很快，又变成了行走不便的山路。他们在小山岭中时上时下，穿越深山老林。

野漆树、花楸红叶缤纷，在蓝天的映衬下格外艳丽。

当天空在傍晚的黑暗中渐渐失去颜色，只有不落叶的松林的青色在金色光晕中一直留到最后。

雨燕展开犹如黑色镰刀的翅膀四处飞舞，发出

"叽叽叽"的尖锐叫声，带着最后的留恋向南方飞去。

"如果能够跨过十二月桥……"王妃嘟囔道，"连接一年之环，指的是什么呢？"

就连王妃也开始想念王宫的生活了。

大王该多么担心她啊。变色龙首相有时候就像快快茄子一样心急，说不定他已经举行了王妃的葬礼。

事到如今，王妃开始后悔，当时没有向七夕马打听下，一年之环是怎么一回事。

在这次旅途中，王妃印象最深的就是与七夕马迪克的相遇。

有一天，远处传来孩子们喧闹的叫嚷声，离王妃他们越来越近。

是一群橡子，挥舞着棍棒，敲打着树枝，看上去就像村子里的坏孩子。

"你们好！"听见王妃的问候，他们一言不发地走过去，可是擦肩而过后，却开始一起嘲笑莲藕妹：

"好恶心的白薯，浑身是洞！"

"白薯妖怪，真恶心！"

"哎——呀！蜂窝白薯！哎——呀！"

莲藕妹紧紧咬住自己的一根发辫，脸色铁青，身体不住地颤抖。

"你们这帮家伙！"看见大个子凶巴巴地瞪着眼，橡子们异口同声地叫嚷起来：

"小孩子吵架，家长撑腰？哎——呀！"

"小孩子吵架，家长撑腰。"

他们七嘴八舌地叫嚷着，接着又捡起石头朝蔬菜们扔过来。

大个子去抓他们，他们就一溜烟四散而逃。

当天，莲藕妹就发烧了。

"只是感冒了。"王妃轻声说。

莲藕妹涨红了脸，使劲儿摇头否认："我保证，这种感冒有引发肺炎的危险！"

因为莲藕妹这个奇怪的保证，大家决定在山谷间一处被废弃的烧炭窝棚里休息，等莲藕妹退烧。

莲藕妹又恢复了她平时那种不定时的生病节奏，一会儿病好，一会儿又开始发烧，一会儿躺一天，一会儿又出门去散步，把蔬菜们困在了小屋里。每一个都痛恨那帮橡子恶童。因为在遇到他们之前，莲藕妹一直都没怎么生病。

有一天，王妃领着大个子、葱仔、芝麻妹和菠菠妹四个年少的高中生，去未到过的东谷。

在黄色的五角枫和银杏树中，夹杂着红彤彤的羽扇槭，绿油油的大杉树上攀绕着橙色的藤漆。在这迷人的秋色中，他们发现了一段古老的石阶，于是拾阶而上。

"那里有一只老虎。"葱仔指着说。

"老虎？哎呀，真的哦。"

一只老虎哭丧着脸站在山洞前。一排圆木头捆成的栅栏困住了他。

"我说，请你们……"老虎声音虚弱地说。原来是纸糊的老虎，一双红耳朵显得特别大，尾巴高高竖着，

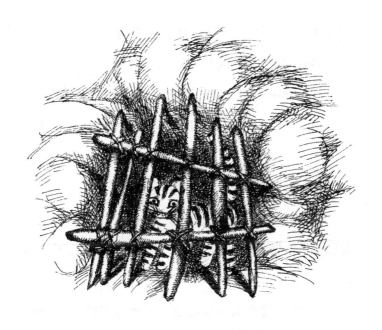

胡子是稻草做的。

"把我放出来吧，我被橡子们关在这里了。"

老虎轮流看着王妃和其余四个，寻找着中心人物。

"我是天气预报员。橡子们说，每次开运动会我都预报得不准，所以一生气，就把我关在这里了。可是，这不是我的责任。秋季天气变化多端。如果大家不把我放出来，我就没有办法完成天气预报的工作了。我必须爬到这块大石头顶上才能看见辽阔的天空。"

"怎么办?"芝麻妹问王妃。

"这件事应该做决定的不是我,是领导呀。"

"好,我决定了!"痛恨橡子的大个子开始动手拆圆木。

"等等! 等等!"芝麻妹拦住了他。

"我也因为天气预报不准,经常遇到麻烦。你不要轻易把他放出来。谚语也说,放虎归山,后患无穷。对吧?"

"让他发誓今后一定报恩,不就行了吗?"菠菠妹说。

"我发誓,我发誓。"老虎急不可耐地喊叫起来。

大个子刚拆掉两根原木,老虎就"哧溜"钻出来,取出一个像怀表的东西。

"我得测测正午的气压。"他叽叽咕咕说完这话,就敏捷地爬到了大石头上。

"我总觉得我们干了一件无聊的事。"芝麻妹说。

回去一看，小屋周围一片喧嚣。

好几十个盛气凌人的橡子顶着他们硬邦邦的茶色脑袋，大发雷霆：

"你们凭什么把老虎放了？"

"我们把他抓起来是要当运动会奖品的！"

"赶紧把老虎给我们捉回来！要不然叫你们吃不了兜着走！"

"喂！大个子，你来得正好。"玉米斯基可怜巴巴地说，他身上的黄色已经彻底暗淡无光。

"你看！我就说有你出场的时候吧！"葱仔拍拍大个子壮实的后背。

大个子低着脑袋，冷不丁撞过去，撞飞了四五个橡子。

橡子们哇哇大叫着冲过来，大个子这次单膝跪地，像个陀螺似的转动身体，用他的强大力量攻向橡子。橡子们又有三个被撞飞，好几个摔了屁股蹲。

"不能使用暴力！"一个看起来十分狡猾的橡子说，

"使用暴力解决不了问题。我们橡子村的村民多达七千呢。我们用嘴巴吵架来一决胜负怎么样?"

"哦，好呀，"葱仔接受了挑战,"采取什么方式呢?"

橡子提出,用"蔬菜"二字组词来嘲笑蔬菜,蔬菜则用"橡子"组词来戏弄橡子。最后无言以对的那一方为输。如果蔬菜输了,蔬菜们就要代替老虎作为运动会的奖品。如果橡子输了,就要送给每一个蔬菜一个转得飞快的橡子陀螺当用人。

"没用的蔬菜!"橡子一方喊起来,说坏话大战拉开了序幕。

"小偷橡子!"葱仔悠然说道。

"瘟神蔬菜!"

"掉进沟里的橡子!"

"不遵守约定的蔬菜!"

"铁公鸡橡子!"

"斜眼蔬菜!"

"淹死鬼橡子!"

"爱吃醋的蔬菜!"

"胆小鬼橡子!"

"地痞蔬菜!"

"甜甜圈秃头的橡子!"

"下流的蔬菜!"

"最后一名的橡子!"

"脑袋光溜溜的蔬菜!"

"土里土气的橡子!"

"臭地窖里的蔬菜!"

"无药可救的橡子!"

"……"

橡子一方一下子闷声说不出话来。蔬菜们得意地露出挑衅的表情。

"放假也去学校的蔬菜!"一个橡子打破了困局。

这次轮到葱仔开不了口。

橡子们气势汹汹地发起了猛攻。

"果然不顶用的蔬菜！"

"……"

"半途而废的蔬菜！"

"……"

"自暴自弃的蔬菜！"

"……"

"庸俗的蔬菜！"

"……"

"被花脚蚊叮了的蔬菜！"

"……"

"无家可归的蔬菜！"

"……"

"便宜货蔬菜！"

"……"

"爱管闲事的蔬菜！"

"……"

"装腔作势的蔬菜！"

"……"

"没干劲儿的蔬菜!"

蔬菜们被彻底打败了。

"算了,也没什么不好吧?让他们至少用贴着礼签①的纸给我们包装一下。"菠菠妹强颜欢笑道。

"我不是蔬菜,"王妃叮嘱橡子们,"我可不是奖品哦!"

"你就算了,谁都不会喜欢人做的奖品!"橡子们也同意。

"你们听明白我的意思了吗?我是说,我要参加运动会。"

橡子们哈哈大笑,说道:"让你来凑个热闹也可以。"

橡子村的秋季运动会在荞麦地旁边的空地上举行。

蔬菜们作为优胜者的奖品观看了比赛。

---

① 礼签是点缀在包装纸上的装饰物。

项目有一千米跑、拔河和障碍跑三项。

参赛队伍有橡子、落叶和王妃三组。

比赛首先从围绕空地跑十圈的一千米跑开始。橡子队派出了小橡树的两个橡子参赛。落叶队派出了红色的枫叶和黄色的银杏叶上场。

小橡树橡子和王妃你追我赶地拼命奔跑。可是，银杏叶和枫树叶时不时趁着风势，一口气就追上了他们。

落叶有风这个朋友帮衬，所以第一名是枫叶，第二名是银杏，第三名是王妃。王妃虽然跑得气喘吁吁，可还是只拿了第三名。

第二个项目是拔河。落叶队派出了绿色的八角金盘当代表。橡子队派出了圆滚滚、胖墩墩的麻栎果。

这一次风依然为落叶助阵，但是一旦吹得太猛，八角金盘就四处飞散。

终于，八角金盘输给了麻栎果。紧接着，王妃和麻栎果的拔河比赛开始了。

麻栎果的力气大得让人难以置信。

在上一个千米跑中已经筋疲力尽的王妃，这次虽然大汗淋漓拼尽全力，但手中的绳子仍然一点点被橡子拽走了。

"不要输给他！白银！"

"加油！"莲藕妹大喊大叫，可是枪响了，王妃输了。

蔬菜们垂头丧气。如果剩下的障碍物赛跑王妃拿不到第一名，大家就会被当作奖品送走了。

橡子队此时又派出一位新选手上场。那是身手敏捷的米槠（zhū）果。落叶队也为了刺破气球，派出了叶子边缘呈锯齿状的栗子树叶。

王妃依然上气不接下气。

"让她休息休息吧！"豆腐爷爷要求准予休息时间。

就在这时，圆白白指着入场门口，惊声尖叫："啊！啊！啊！"

一个穿着红色衣服的家伙一路翻滚着跑过来了。

胖乎乎的体格，大圆脸。

那不是西红柿阿姨吗?

"是西红柿阿姨!"

"西红柿阿姨回来了!"

蔬菜们高兴地挥舞手臂。

"你们怎么都带着礼签呢? 这是秋天的时尚装扮吗?"

西红柿阿姨听大家讲完前因后果，一拍胸脯说: "交给我吧! 我会把大家从可怜的奴隶身份中解放出来的!"

王妃已经精疲力竭，于是把一切都交给了西红柿阿姨。

怒不可遏的西红柿阿姨，点燃红彤彤的怒火，英姿飒爽地在最后一项比赛中登场。

栗子树叶如之前一般，一眨眼工夫就率先越过障碍。西红柿阿姨也紧跟其后。米楮果在这个环节落后了。

接下来，他们来到用臀部力量弄破椅子上气球的环节。

栗子树叶一戳就刺破了气球。西红柿阿姨也吹着火一般的气息冲过来，瞪着气球，"哇"地大吼一声，气球大吃一惊，自己就爆了。

钻网子的时候，栗子树叶的前端被挂在网子上，动不了了。

他们已经无法压制住西红柿阿姨的气势。超过半年的羁押生活造成的郁愤，在这一瞬间彻底爆发，西红柿阿姨不断地飞快奔跑，成了毋庸置疑的第一名。

橡子、落叶和蔬菜三支队伍就这样平分秋色，谁也得不到奖品了。

橡子们被最后上场的西红柿阿姨红色弹丸似的出色奔跑状态彻底吓破了胆。

"不管怎么说，那个西红柿阿姨确实值得佩服！"不知何时，敌意也从他们的语气中消失了。

"阿姨，你太棒了！"莲藕妹喊叫着紧紧抱住她。

西红柿阿姨擦擦眼睛，紧紧抱住她说："你还活着呢！身体真强壮！"

乌冬面王国的贝茨尔公使履行了他的诺言。通过贝茨尔大人的交涉，西红柿阿姨由饭团子的收容所用气球部队运送到十月桥，在那里获得了释放。

16.
流浪的信件

饭团子军队正集结在十一月的大桥上。

但是，十一月的蔬菜领导西红柿阿姨就像没有看见他们一样，盛气凌人地大步流星向前进。

"真是个活力十足的阿姨呀。"饭团子士兵似乎被西红柿阿姨的威风所震慑，只敢偷偷地瞟她。

来到桥中央，一名多事的军官问西红柿阿姨："你们干什么呢？"

见到把自己关在牢房里折磨了半年多的饭团子士兵，西红柿阿姨勃然大怒："让开！让开！别挡路！"

她呵斥着过了桥。

看到这一幕的饭团子队长下令道："立正！"他训诚部下道："都给我看看那个红彤彤的阿姨，英姿飒爽！我们也必须像那位勃然大怒的阿姨一样，以英勇无畏的气魄面对汉堡包军队！"

士兵们只在河边的平地排兵布阵，蔬菜们走了一天，就踏上了寂静的山路。

这里是一望无际的杉树林，因此红黄相间的艳丽秋色再也无处可寻。

堆满杉树枯叶的林中小道沉默无声，寂静得让人害怕。就连鸟鸣声都难得听见。

没有刮风，却时而听见树梢上断裂的枯枝从高空落下，发出"啪嚓、啪嚓"的撞击声。

树木遮天蔽日，尽管天气晴朗，这里还是光线昏暗阴沉，犹如徜徉在淡墨色的水墨画世界里。

有一天，豆腐爷爷忽然大吃一惊地指着前方说："那是什么？"

一个宛如烟雾的白色身影飘浮在前方空气中。

"不会是幽灵吧?"

可是,他们并没有感到毛骨悚然的阴森。

烟雾般的身影似乎在摇摇晃晃地行走。

又有一个影子从前面走过来。他穿着白纸制作的四四方方的衣服,脸上表情茫然。

"你们是幽灵吗?"西红柿阿姨问。可是那个影子只是微微摇头,并不说话。

"不是幽灵。因为他一点儿都不吓人嘛。"莲藕妹说。

"看起来很可怜的样子啊。"

"是啊,他的身上没有动人心魄的力量,好像马上就要变成一股青烟消失无踪。"

毫无生气的影子一个接一个地出现在大家的面前。无论问什么,他们都不说话。而且,他们看起来仿佛沉浸在忧伤的思考中,又像在寻找着什么。

"他们会不会是绝食的修行者?"玉米斯基讲述了

自己的想法，"已经饿得头晕眼花，说不出话来了。有一些修行方式特别艰苦，比如绝食百天。"

王妃给他们起名叫雾影。

雾影们的脸上有的什么五官都没有，也有的缺眼睛或是缺嘴巴。要说他们就是妖怪，可是他们完全没有力量，犹如气体一般，因此队伍里谁也不害怕他们。

有一天，王妃看见脚下有一个很深的鞋印。

"啊！"她不由得叫了起来。因为这让她想起了遇到七夕马迪克的银河岸边。当时，泥地上也留下了很深的马蹄印，而现在是鞋印。而且，仔细一看，鞋印的旁边还有两个小孔，她觉得像是女士高跟鞋的后跟。

这一带的泥土是比较坚硬的茶色黏土，因此王妃也好，蔬菜们也好，都没有留下脚印。

——体重相当可观啊。

王妃不由得想起了迪克的话："我只驮了一对男

女，腿就这么沉甸甸的。"

说不定，这个鞋印的主人就是迪克驮过的人。

雾影们依然轻飘飘地来来往往。深深的鞋印一直向前延伸，仿佛在为王妃他们指路。

有一天，云层压得很低，仿佛就要碰到树梢。

"卟——卟——"

大家听到了号角声。

这时，雾影们从四面八方出现，都朝着号角的方向飘然而去。

"哎呀！他们变成云了！"圆白白叫了起来。

一个近在眼前的雾影融化成了圆滚滚的云朵，轻飘飘地飞了起来。地面只剩下四方形的纸衣服。

杉树林里到处都挂着雾影刚刚变成的小云朵，宛如圣诞树上的棉花。

号角声越来越近。

一只山羊坐在杉树林中的一块大石头上，他摘下头上的一只角，正在吹奏。山羊是用毛玻璃做的。

"你好!"梅干奶奶说。

"你好!"山羊回答。

雾影不断地往吹着号角的玻璃山羊身边聚集,一个接一个地变成云朵。

"他们为什么会变成云呢?"王妃问。

"因为他们已经受够了。"山羊说着,又一次吹响号角。

"受够了什么?"

"犹豫、痛苦也是有限度的。"山羊说完这话,把号角从嘴里摘下来,举到头顶插好。

"你是谁呢?"玉米斯基问。

"我是邮递员。"山羊指指放在石头旁的黑色邮政包。

"变成云朵的可怜影子,是不知道该往哪里去、只能四处流浪的信件。有的是写错了收件人的姓名,有的是没有写清地址。这就是无法送达的信件悲惨的下场。尤其是今年,邮政车撞上了牵引白黑沼的金牛,大量信件被水浸泡，收件人的姓名看不见了。他们不知道该上哪里去，也无处可去。你们能想象那种痛苦吗？痛苦不已的他们，听到这号角声就能忘记一切。然后，你们瞧，他们就会变成这样的絮状云，从此摆脱在地面流浪的命运。总之，这样就可以不再当信件了。"

"不再当信件，对于他们来说是一种幸福吗？"王妃问。

"不知道啊。"山羊邮递员叹了口气，"我是一只山羊。除非我不再是山羊，否则我怎么知道那是不是一种幸福呢？"

"我要是不再当竹笋，那一定是很不幸的。"大个子说，"豆腐就该是豆腐，梅干就该是梅干，胡萝卜就该是胡萝卜。"

王妃认为大个子说得对。

——我是白银·玛格丽特，所以我才是幸福的。

王妃为自己从未思考过这句话，而感到深深的挫败。

——我因为是我，所以才是幸福的。这样一件理所当然的事，怎么会让此刻的我感到那么新鲜呢？

"薄薄的纸衣服里面现在是什么样的呢?"圆白白好奇地问。

"不能打开。这是针对信件的法律。就算是我也不行。"山羊狼吞虎咽地吃着剩下的纸衣服，回答道。

告别山羊邮递员，大家又向前走了一会儿，看见了两个雾影的背影。

他们明显和刚才那些轻飘飘的雾影不一样。他们每走一步都用上了浑身力气，步履蹒跚。

王妃追上去，仔细观察两个雾影的脚下，果然他们每走一步都在地面上留下了一个很深的脚印。

"请问，你们是不是骑过七夕马迪克？"

两个雾影看都不看她一眼。

那份重量是什么呢？到底是从哪里来的呢。

山羊的号角声听上去十分悲怆。

就在那一瞬间，两个雾影仿佛要被某种巨大的力量向后拖拽。

如果被山羊叫回去，他们也会成为絮状云朵吧。可是，他们好像并不愿意。

他们想坚持保留信件的身份。

他们在拼命努力。他们的行为让人感受到非同一般的使命感。

他们又一次抵抗住号角的诱惑，继续向前走，而且并肩而行，相互扶持。

"那是用铁做的吧？"

听见菠菠妹这话，芝麻妹说道："你想得可真简单。那不应该是因为他们的心灵很有分量吗？"

"啊！"王妃不由得叫起来，一个想法在她的脑中闪过，"对呀，说不定就是这样。一定是这样。"

王妃奔到女性雾影的身边，想要拉开她的纸衣服。雾影使劲儿抵抗她，不许她那样做。

"大个子，快来帮忙看看那封信里面写的是什么！"王妃喊道。

"可是，那是不允许的！"葱仔说。

但是，大个子发现王妃的神色不同寻常，于是冲到男性雾影的身边。

激烈反抗的力量忽然消失了，紧跟着，雾影也消失了。

王妃和大个子的手中各剩下一个信封。

信封上收件人的名字当然已经消失。

王妃撕开了信封。信纸上的文字眼看着就要消失，但尚能辨认。

爸爸、妈妈：

　　我们要离开了。汉堡包和饭团子两国之间的战争毫无意义。只要它持续下去，我们就不会回来。如果想见到平安无恙的我们，请立刻停止战争。

沙拉

大个子手里的那一封，是古德王子写给父母的。

我想不到其他办法，只好这样做。我们要走了，我和沙拉都不会回来，除非饭团子和汉堡包能握手言和。请原谅我们。请想一想，我们是多么渴望回家啊。现在，我们要怀揣着世界上最沉重的心灵，渡过银河。

古德

"果然如此。"王妃呢喃道。七夕马迪克驮的就是悄悄逃出城堡的王子和公主。而且这一对男女为了寻求和平，给父母寄出了抗议信。然而不幸的是，这两封信的收件人姓名消失了，没能送到两国国王的手中，还差点儿变成絮状云朵消失掉。

毫不知情的饭团子军队认定是汉堡包军队掳走了王子，所以才会发动大军，发誓要夺回王子和公主。

"我们得快点儿，要不然就来不及了。"王妃对蔬菜们说。

"我们跑着去。"

"我也能跑。"莲藕妹目光炯炯。

"那还用说吗？"说着，西红柿阿姨对大个子说，"你背着奶奶。"

"啊？竹笋和梅干一点儿关系都没有。"大个子面露难色，西红柿阿姨不容置疑地吼道："这是领导的命令！"

"葱仔，你要好好照顾豆腐爷爷！"

然后，整支队伍就像参加马拉松一样，在杉树林中奔跑起来。

17.
旋涡滚滚的一年河

巨大的十二月的大桥犹如弯曲的白色彩虹，跨越在宽阔的河滩上。王妃他们飞也似的跑过了这座桥。

也许这片被枯黄芦苇覆盖的河滩，就是年之濑河滩。

一只老鹰在天空中悠然翱翔。

"喂!"王妃用两只手当作扩音器吼道，"军队在哪里?"

"就在前面!"老鹰用翅膀指指向北流淌的河流下游。

王妃他们沿着河堤奔跑起来。

过了几天，大家开始感到不安，担心走错了方向。

恰好一只乌鸦从头上飞过，王妃叫住他问："军队在哪里呀？"

"一直往前走。"乌鸦用粗粗的喙指指向北流淌的河流下游。

大家又打起精神继续飞快赶路。

"真是一片广阔的河滩啊。"豆腐爷爷拖着草鞋，呻吟道，"自从过了河，我已经穿坏三双草鞋了。"

"照这样看，就算汉堡包和饭团子集结几十万大军，也并不显眼。"圆白白说。

大家又开始惴惴不安。他们问在芦苇上盘腿休息的麻雀："向这个方向走，是不是有饭团子和汉堡包的军队？"

麻雀们沉思着，说："要一直一直往前走。"

"怎么感觉越来越远了？"大个子咬牙切齿地对大家说，"老鹰说'就在前面'，乌鸦说'一直往前走'，麻雀说'一直一直往前走'。越走越得往前走，多奇怪呀。没道理。"

"有道理的。"葱仔说，"鸟越大，飞得越高。老鹰嘴里的'就在前面'，对于麻雀来说就是'一直一直往前走'啰。"

"而且，对于我们来说，有可能是一直……一直……一直……一直往前走哦。"圆白白自暴自弃地说。

尽管如此，大家还是继续奔跑。

一天早晨，他们看见河滩上出现了类似土黄色地毯的颜色。当王妃看见那地毯似乎在动时，不禁大叫道："在那儿！在那儿！汉堡包军队！"

大家挥手欢呼着跑过去。

然而，走近一看他们才发现，那既不是汉堡包，也不是饭团子，而是穿戴着油炸豆腐色制服的乌冬面部队。

"哎呀，哎呀，让我好生想念啊！"说着这话突然出现在大家眼前的，竟然是那位贝茨尔大人。

"是贝茨尔大人，贝茨尔大人！"蔬菜们欣喜若狂。因为贝茨尔大人的慷慨，让大家一见他就忍不住欢声笑语。贝茨尔大人是乌冬面国的公使，同时也是乌冬面军队参谋总部的将军，因此他虽然服装和士兵一样，但胸前佩戴着三枚亮闪闪的勋章。

王妃连忙把古德王子和沙拉公主的信给他看，和他商量。

"哟，真是没想到啊！幸亏把决战的日子推迟了三天，我们得救了。你就是我们的女神啊！"

贝茨尔大人跪在河滩上，软绵绵地鞠躬向王妃叩拜。蔬菜们因为他的变化多端捧腹大笑。周围的乌冬面士兵虽然摸不着头脑，却也跟着哈哈大笑起来。

"哎呀，你听我说。战斗按理说昨天就该打响，可是汉堡包国王的母亲大人三天前去世了。前天，汉堡包部队在他们的铁枪上系上黑丝带服丧。我们不愿意乘敌人沉浸在悲痛中的时候进攻，那样太卑鄙。因此，我们说好停战三天。也就是说，无战事的今天就是第三天啊。你还记得吗？我说过，战争会在三个月之内结束。而被誉为神卜的比斯克公大人，一如既往地神机妙算。缺点多的女性——汉堡包国王的母亲大人，用自己的死换来了和平。来，我们一起把信呈交给两位国王吧。"

"您提到的缺点多的女性，"白银王妃说，"我觉得指的是我。"

"您哪里还有缺点呀！"贝茨尔大人一边命令下属准备一块长一米、宽两米的白旗供军队使者使用，一边说，"到哪里去找如您一样美丽、温柔、聪慧、行动力强的女性啊？不过，当然是您带来了幸福。这一点我没有异议。那好，那好，我们这就出发！"

乌冬面士兵举着军队使者的白旗走在最前面，贝茨尔大人、白银王妃和蔬菜们紧跟其后，一起向着饭团子部队的司令部走去。

　　然而，当旗手的乌冬面士兵很快就累了，因此半路上旗手换成了大个子。

　　走进饭团子部队的阵营一看，真厉害，真厉害，彪悍的焦茶色烤饭团子的三百万大军满满当当地占据了河滩。

　　饭团子国王一见王子的信，热泪盈眶。

　　"我当然愿意和平谈判，请替我劝说汉堡包国王。"

　　王妃、蔬菜们和贝茨尔大人这回又来到汉堡包的阵营。这一方也有五百万的汉堡包士兵占据河滩。

汉堡包国王读了沙拉公主的信，叹着气说："我的内心渴望和平，可是征得部下这些将军的同意需要时间。答复的期限是什么时候？"

"今晚七点。"贝茨尔大人说，"我们想早点儿停战，过一个最好的平安夜！"

"那么，一旦确定停战，我会七点准时在我军阵营放烟花。"汉堡包国王说。

"那饭团子部队也会放烟花。七点准时。"

"一秒也不早，一秒也不晚，七点准时，我们说好了！"

汉堡包国王再三叮嘱。因为先放烟花的一方会给人投降的印象。

汉堡包的士兵们对使者队伍流露出强烈的敌意，有的朝豆腐爷爷吐口水，还有的故意伸出枪柄绊倒了快快快茄子。

考虑到沙拉公主被抢走这一事实，汉堡包军队不愿意停战也是理所当然的。

离开汉堡包阵营后，贝茨尔大人擦擦额头上的汗珠，甚至嘟囔道："那帮家伙斗志昂扬，看起来实力强大。要是真打起来，恐怕饭团子会输。"

总计将近一千万的士兵正屏息静气、提心吊胆地等待着决定命运的时刻到来。

暮色笼罩了河滩。双方阵营都鸦雀无声，有一些士兵开始双手合十默默祈祷。

王妃和贝茨尔大人的乌冬面部队在同一个地方。六点一到，贝茨尔大人就下令部队出发。

"去哪里？"王妃问。

"我们出发去更能看清汉堡包部队情况的地方。"贝茨尔大人一边说，一边不断穿过饭团子部队，来到军队最前线。

乌冬面部队的军官担忧地征求贝茨尔大人的意见："这样很危险。如果七点钟没有燃放烟花，汉堡包部队就有可能发动突击。我们乌冬面部队在后方支援饭团子部队就可以了吧？完全没有必要来到最危险的前线吧？"

"不，就在这里。"贝茨尔大人坚持道。

王妃明白。最前线的士兵杀气腾腾，一看见痛恨已久的饭团子士兵，汉堡包士兵也许会忍不住发动进攻的。乌冬面士兵虽然也是敌人，但汉堡包士兵对他们抱有的怒意，应该并不像面对饭团子时那样强烈。

对啊，必须让士兵感到祥和平静——王妃意识到了这一点。

"贝茨尔大人，我们来唱首歌吧。"王妃说道。然而，贝茨尔大人脸色铁青，身体僵硬。

王妃下定决心，开口唱道：

这朵花，那朵花

都是真实的

缤纷艳丽

"豆腐爷爷、圆白白，唱起来！小莲也唱起来！"

蔬菜们慢慢动起来，开始歌唱：

> 那个人，每个人
>
> 都是真实的
>
> 心地善良

这时，贝茨尔大人用洪亮得令人吃惊的声音唱道：

> 那座城，每座城
>
> 都是真实的
>
> 高贵而自豪

"唱起来！"

> 这轮月，每轮月

都是真实的

充满恩泽

乌冬面士兵开始齐声歌唱。

这时候，汉堡包的阵营也响起了歌声。

啊，在明亮的天空下

欢腾的生命，是神的本领

同样的本领

大家是一个

一个是大家

饭团子部队也开始了大合唱。

啊，在辉煌灿烂的大地上

喷涌的生命，是神的热血

同样的热血

大家是一个

一个是大家

这朵花，那朵花

都是真实的

缤纷艳丽

　　一千万士兵的合唱，回荡在黑暗笼罩下的、无边无际的年之濑河滩。仿佛歌声一旦消失，所有的一切都会在那一瞬间结束。

　　七点到了。

　　河滩刹那间明亮得犹如白昼，一大朵纯白的菊花烟火在饭团子部队的上空绽放。几乎在同一瞬间，通红的玫瑰烟火也在汉堡包军队的上空盛开。

　　一红一白的两朵烟花，不断地迅速扩大，边缘相互重叠。

　　"轰隆！"震撼河滩的烟花声同时响起，合为一体。

"万岁!"士兵们忘我地冲出了阵地。

他们已经不再区分饭团子和汉堡包。双方士兵在河滩上相互拥抱,欢天喜地地庆祝和平的到来。

歌声和欢笑声犹如子弹四处飞射,整个河滩陷入欣喜若狂的气氛之中。

就在这个时候,突然,水流"哗啦啦"地冲到士兵们脚边。

接着,一个可怕的声音响起,所有士兵都被冻僵了似的愣在原地。

"水!水来了!"

伴随着犹如狂风肆虐的"轰隆隆"的声音,一眨眼工夫,浊流就席卷了整个河滩。

"完了!上当了!"汉堡包的将军们悲痛万分地喊叫起来。烤饭团子不害怕水,可是汉堡包一沾水就没命了。

"救命!救救汉堡包!"第一个呼救的是贝茨尔大人。

贝茨尔大人伸展开他细长的身体，头顶上已经驮着一个汉堡包士兵。

看到这一幕，乌冬面部队一起举起汉堡包士兵，以免他们被水冲到，然后向着河堤前进。

"救救汉堡包！"饭团子们也在水中勇敢地奔波。

飘扬着红色三角旗的海盗船队乘着浊流从上游驶来。

"这是海盗龙大王的圣诞礼物。发动战争的蠢货赶快被水淹死吧，喜爱和平的士兵请抓住船舷！"

这是古寺里那条龙的声音。

海盗龙大王以为两国之间的战争无法避免，于是在三天停战期的最后一夜摧毁大坝，将洪水请到了年之濑河滩。

龙大王的手下们纷纷划着船和筏子，一个接一个将士兵救起。

"救命！救命！先救起来，再让他们道谢！要是让他们丢了命，就没法道谢了！要把生命摆在第一位！"龙大王怒吼道。

王妃和十二个蔬菜都很幸运，被海马救上了他们的筏子。

"真是帮倒忙啊，这条傻龙！"圆白白呻吟道。

"唉，这也是他一片好心，想要阻止战争发生啊。只可惜弄巧成拙。"

"不过，我觉得多亏他来了这一招，两军的士兵才得以真正地相互信赖。"芝麻妹说。

豆腐爷爷一遍又一遍地哼唱着《真实歌》，想要把它作为自己在宴会上的节目。

18.
旋转吧，一年之环

王妃愣住了——船头的海马是在两手拭泪嘤嘤嗳泣吗？

"咦？你怎么了？"

梅干奶奶听见他的哭声，也觉察到了异样。

"哎呀，哎呀，看不见河岸了！"

"怎么回事呀？"葱仔摇晃着号啕大哭的海马的肩膀。

"船桨掉水里了。"胡萝卜仔说。

"那现在是什么情况？结论是什么？"快快快茄

子问。

"他就是不知道才哭呀！"芝麻妹说。

"你聪明得过头了。"玉米斯基生气地吼道。

"船老大，你仔细想想该怎么办。在船上，大家都得听你的！"

可是，他们已经无计可施了。

不知何时，船已经被卷进了一年河的主河道，和刚才短暂的洪水相比，水流量也相差无几。

龙的海盗船队已经不见踪影。占据年之濑河滩的千万士兵犹如被一场噩梦惊醒，正在漆黑冰冷的巨大水流之中挣扎。

很快，遇难船只的凄凉残骸出现在眼前。

"扑通！"一个黑色的"小石子"跃上来，吸附在筏子上。

"扑通！扑通！""小石子"一个接一个地跃上来。

"哎呀！是老鼠！"圆白白一声惨叫。

那是节日夜市上卖的橡胶吸盘老鼠，向墙壁上使劲儿一扔，他的脚就会变成吸盘，吸附在墙上。

眼看着筏子上的老鼠占据的地盘越来越大，蔬菜们把老鼠揪下来扔进河里。

无论他们怎么扔，橡胶老鼠依然不断地跳上筏子。

王妃一看水面，大吃一惊。水面竟然全被老鼠覆盖！

船只残骸里居然有那么多老鼠，令人吃惊。

很快，在水面上游动的老鼠推动筏子，不断地向左侧改变方向，然后突然又把筏子推上了另一股黑漆漆的水流顶端。筏子开始以极快的速度前进。不知何时，水面上的老鼠已经消失无踪，只剩下汹涌波涛。

"哎呀！还有一只！"圆白白发现有一只小老鼠就在自己的脚尖，吓得指着他大叫。

"多可怜啊。现在把他扔掉，他就没命了！"菠菠妹伸出食指按住瑟瑟发抖的小老鼠的脑袋，"不过，也许无论怎样都会没命，对吧？"

玉米斯基可怜巴巴地说："我说，小小的船老大，这样下去会发生什么事?"

海马哭着说:"会掉进两年牢的大旋涡!"

"什么! 接下来又是两年牢?!"就连梅干奶奶也悲伤地挠着她白发苍苍的脑袋,"我已经没有那么长寿的命了!"

"我们已经渡过了十二座桥,难道还不能回家?"乐天派的豆腐爷爷此刻的声音也尖锐起来。

"不行,还有一个环节没完成。"快快快茄子拼命地试图想起来。

"是把一年之环连接起来。"王妃嘟囔道,没向七夕马问清楚这一点,此刻的她懊悔不已。

"对,就是那个! 那是什么意思?"

"我不知道。"

"啊,海鸥!"偶然抬头的胡萝卜仔叫了起来。

"是海鸥! 全是海鸥!"

就在这时,海马悲伤地说:"唉,我看见两年牢的大旋涡了!"

筏子开始剧烈晃动，就像被起重机吊起来一样不断上升，已经来到了大旋涡的边缘。

"欧——欧——"鸣叫的海鸥已经近在眼前，仿佛伸手就能捉住，黑暗的天空比教室的天花板还要低。

——约克是在这里吹响口哨的吗？啊！对呀！

王妃忽然想起来了，给七夕马迪克吹口哨时的事。

王妃抓起口哨放在唇边，用尽力气把它吹响。

一道闪电划过天空，在筏子的正上方架起了一座光辉之桥。

穿过那黄色光芒的隧道，七夕马率领着好几只动物，一下子就降落在了筏子上。

"太好了，我们赶上了！"七夕马迪克说。

"芝麻妹，我一直惦记着你踩坏了脚后跟的帆布鞋。"竹子做的蛇说。

"这次我能帮你们的忙了。"花骨牌的野猪说。

"你们好好学习了吗?"橡皮擦猴子说。

"胡萝卜仔,又见面了,我真高兴!"派对兔子说。

米糕小狗和金牛也来了。

山羊邮递员来了,气象预报员纸老虎也在,纸折的鸡也来了。

迪克扫视了一遍动物们,说道:"那个可爱的船老大算是龙,还有老鼠,老鼠在吗?"他慌忙问道。

"在! 在这里,你看,这家伙。"菠菠妹用指尖捏着小老鼠说,"我就觉得他说不定会派上用场。"

"嗯,到齐了。这样就没问题了。"

在大旋涡中摇晃的筏子上,七夕马让王妃、蔬菜们站在中间,十二地支的动物把他们包围起来了。

子丑寅卯辰巳午未申酉戌亥——动物们按照十二生肖的顺序拉起手来,连成了一个大圆圈。

"来吧,我们接下来要连接起一年之环,利用旋涡的力量飞出去。请把眼睛闭上,因为一旦睁开,就会被甩出去。"迪克提醒大家。

筷子在旋涡中一个劲儿地飞驰，十二地支的动物们连成的一年之环也开始旋转。

动物们唱起歌来：

转起来，转起来，一年之环

跑起来，跑起来，乘着旋涡

寻找时间，将它带来

让昨日重现

动物们围成的圈子越转越快，王妃感到喘不过气来，强烈的冲击力让她眼看着就要喊叫起来。

摇起来，摇起来，一年之环

搅动着，搅动着，旋涡的环

抓住时间，将它包裹

让今日如初

动物们的歌声让人头晕目眩，听得出，他们就像唱片一样在旋转。

王妃和蔬菜们使出吃奶的力气闭紧双眼，感到自己的眼睛都快被挤爆了。

他们几乎无法呼吸。

合起来，合起来，一年之环

穿过去，穿过去，旋涡之环

连接时间，将它结合

让明日到来

忽然，一种犹如紧绷的锁链"咔嚓"一声断裂的感觉袭来。

歌声刹那间停止了。

"可以睁眼睛了吗？"王妃问。

"不行！"迪克严厉地阻止她。

"那我就闭着眼睛问吧。你为什么立刻就飞来了？

我为你做过什么吗？我什么都没有做呀。可是，你为什么对我们这么好？"

没有回应。沉默片刻后，迪克说："对别人好，是不需要理由的。"

"……"

"这不是很正常吗？"

"我可以睁眼睛了吗？"

"不行。"

"我说，迪克……"

"还……不行。"

不知道是不是幻觉，迪克的声音听上去有些遥远。

眼泪从王妃紧闭的眼角滑落。

"迪克……"

四周一片静谧。

"还是不行。"那声音听起来很微弱。

王妃明白了。他们正在消失。

王妃睁开了眼睛。

"啪——"

仿佛被光芒万丈的棍棒猛然击中，王妃失去了意识。

"什么？今天是除夕？这才过去一个星期呀。难以置信！"王妃和少年约克并肩注视着"哗啦哗啦"涌上岸边的柔和波浪，说道，"我真的是掉进了一年牢呢。"

"原来，一年牢并不是指整整一年，而是指在当年结束啊。"少年约克发现了新的解释。

除夕日的早晨，约克来到海边捡贝壳，发现了躺在岸边的王妃。那个地方，就是少年约克当初被冲上岸的位置。

约克以为王妃死了，发疯似的跑回家。在庄园附近碰到了厨师长，把这个紧急情况告诉了他，然后自己又回到了岸边。

这时，他看见王妃已经站起来，她把手背在身后，正一边漫步一边眺望着海面。然后，他们就进行了这样的对话。

"那么，明天是新年，我赶上了新年庆祝会呢。"

"你看起来精神饱满。"约克看了王妃一眼，觉得她光彩照人，甚至有些炫目。

"你不要紧吧?"

"没问题，比以前还精神百倍!"王妃使劲儿拍了拍约克的肩膀。

"圣诞老人送你什么礼物了?"

"哦，是的，我是去取圣诞老人送我的礼物。"王妃想起了淡蓝色的魔法水瓶和十二个蔬菜。旅途中的朋友们，现在怎么样了呢?

也许他们都回到了各自的故乡。

"是啊，圣诞老人送我的礼物，也许就是我自己，"王妃说，"真正的我。你看，是不是?"

王妃突然奔跑起来，两只手握成拳头在头上挥舞。

"万岁！万岁！万——万岁！"

"咦？哎呀！王妃殿下！"一位连滚带爬地朝海边跑来的老人呼唤道。那是担心王妃的大王派来的变色龙首相。

"您平安无恙，真是太好了！"

"我挺好，挺好，好得很！"白银王妃生气勃勃，欢欣雀跃，"怎么样？我是个出色的家伙吧？对不对？"

王妃把脸凑近变色龙首相的鼻尖问："这样一来，陛下也就放心了，对吧？"

变色龙首相转转眼珠子，这样回答："然而，可是，我认为，陛下的担忧就像电车的轨道，永无止境。"